www.tredition.de

C. K. Sinclair
ANNALES DIABOLI

Neumond

www.tredition.de

Buchbeschreibung: 1295: Arnfried von Ehrfeld, ein ehemaliger Tempelritter, hat seinem Orden und Glauben den Rücken gekehrt. Verbittert und entwurzelt durchstreift er das Land auf der Flucht vor sich selbst. Doch das Schicksal scheint noch nicht fertig mit Arnfried zu sein. Als sein ehemaliger Mentor und Kampfgefährte brutal ermordet wird, holen ihn die Schatten der Vergangenheit ein. Auf der Suche nach dem Mörder findet sich Arnfried bald in einem ungleichen Kampf wieder, der älter als die Menschheit selbst ist. Denn seinen Widersachern stehen scheinbar die Mächte der Hölle zur Verfügung.

Über den Autor: C.K. Sinclair, Jahrgang 1981, ist Diplom Verwaltungswirt (FH) und seit frühester Kindheit an Geschichte im Allgemeinen und dem Mittelalter im Besonderen interessiert. Er lebt mit seiner Familie im Schwarzwald.

Verlag & Druck: tredition GmbH, Halenreie 40-44, 22359 Hamburg

ISBN
Paperback: 978-3-7497-4921-8
e-Book: 978-3-7497-4923-2

Covergestaltung: Jennifer Schattmaier, Schattmaier Design
Lektorat und Korrektorat: Marlon Baker, AutorenServices.de
Buchsatz: AutorenServices.de

C. K. Sinclair
c/o AutorenServices.de
Birkenallee 24
36037 Fulda

cksinclair@outlook.de
www.cksinclair.de
Twitter: @CKSinclair2

Für Patrick und Elisa

Und es erhob sich ein Streit im Himmel: Michael und seine Engel stritten mit dem Drachen; und der Drache stritt und seine Engel, und siegten nicht, auch ward ihre Stätte nicht mehr gefunden im Himmel. Und es ward ausgeworfen der große Drache, die alte Schlange, die da heißt der Teufel und Satanas, der die ganze Welt verführt, und ward geworfen auf die Erde, und seine Engel wurden auch dahin geworfen.

- Offenbarung des Johannes Kapitel 12; Vers 7 -9

Prolog

Kloster St. Ulrich, Schwarzwald

Heinrich von Speichen schreckte auf. Er war eingeschlafen. Schlaftrunken rieb er sich die Augen. Das Komplet war längst vorbei. Silbriges Mondlicht fiel durch das Fenster in die Kammer, die ihm als Arbeitszimmer diente. Wie lange hatte er geschlafen? Sein Blick glitt zu der Kerze, die vor ihm auf dem Tisch stand. Sie war zur Hälfte heruntergebrannt. Es musste demzufolge kurz vor Mitternacht sein.

Der Abt von St. Ulrich erhob sich und streckte die steifen Glieder. Heinrich erstarrte in der Bewegung. War da nicht ein Geräusch? Er kniff die Lider zusammen und spähte in die Dunkelheit. Da war es wieder. Ein leises Rascheln. Dann war alles still. Heinrich stand an seinem Platz. Starr wie eine Säule. Er hielt den Atem an. Doch alles, was er hörte, war sein eigener Herzschlag. Sicher nur eine Maus, die über den Holzboden gehuscht war. Er schaute auf das Buch, das aufgeschlagen neben der Kerze lag. Sein Puls beschleunigte sich. Kälte umschloss sein Herz. Ihm war, als würde eine Aura der Verderbtheit von dem in schwarzes Leder eingeschlagenen Folianten ausgehen. Er überflog die rote Schrift. Fühlte, wie das Gift der Worte sich langsam in seine Seele zu fressen begann. Hastig bekreuzigte er sich und klappte den Deckel zu. Je eher es im Skriptorium war, umso besser.

Verschlossen vor dem Zugriff der Brüder. Dieses Buch war böse. Und doch war es der Schlüssel bei seinen Nachforschungen gewesen. Er wusste nun, was nötig war, um Satans Priester aufzuhalten. Wie er dessen Diener der weltlichen und göttlichen Gerechtigkeit zuführen konnte. Holz knarrte. Sein Kopf ruckte zur Tür, die der-

1

zeit im Dunkeln lag. Er kannte den Laut. Er erzeugte ihn jedes Mal, wenn er über den alten Dielenboden ging. Sein Magen zog sich zusammen.

»Ist da jemand? Walther, bist du das?«

Er lauschte in die Nacht. Nichts. Seine Hände wurden feucht und ein heißer Stein begann langsam in seine Eingeweide zu sinken.

»Gottfried, bist du das?«

Stille.

»Tritt ins Licht, damit ich dich sehen kann.« Er hörte das Zittern der eigenen Stimme und mahnte sich zur Ruhe. An diesem heiligen Ort gab es nichts, wovor er sich fürchten musste. Sein Blick streifte das schwere goldene Kreuz, das neben dem zugeklappten Buch stand. Heinrich griff nach der Kerze und hielt sie in die Dunkelheit. Die Schatten wichen widerspenstig zurück. Drängten sich in die Ecken, um dort lauernd zu verweilen. Schemenhaft konnte er die schwere Eichentür erkennen. Sie war verschlossen. Er atmete erleichtert aus.

Die viele Arbeit schien ihren Tribut zu fordern. Er wollte sich abwenden, als er eine Bewegung in den Schatten bemerkte. Ein erstickter Schrei entfuhr seiner Kehle. Dort im Umriss einer Säule stand ein Mönch. Der Bruder hatte die schwarze Kapuze tief in das Gesicht gezogen. Heinrichs angespannte Muskeln begannen sich zu lösen. Selbstsicherheit kehrte zurück.

»Weshalb drückst du dich in der Dunkelheit herum wie ein Dieb?«

Der Bruder blieb, wo er war. Heinrich hob die Kerze und blinzelte in das Halbdunkel.

»Wer bist du? Ich befehle dir zu antworten.« Festen Schrittes ging er auf den Mann zu. »Hörst du nicht? Was willst du hier?«

»Deinen Tod.« Die Stimme klang tief und heiser. Bevor Heinrich etwas erwidern konnte, packten zwei kräftige Hände seine Oberarme und hielten ihn fest. Panik stieg in ihm empor. Er wollte schreien. Eine Hand legte sich fest über seinen Mund. Presste ihm die Luft ab. In Todesangst wand sich Heinrich unter dem stählernen Griff. Er stieß einen verzweifelten Laut aus, der durch die Handfläche nahezu unterdrückt wurde. Die unheimliche Gestalt kam langsam auf ihn zu. Heinrich erstarrte, als er mit geweiteten Augen sah, was der vermeintliche Bruder in seiner Hand hielt. Eine Schlinge.

***

1.

Arnfried sah die Lanzenspitze auf sich zukommen. Er riss den Schild in die Höhe. Der Aufprall traf ihn bis ins Mark. Die Füße lösten sich aus den Steigbügeln. Augenblicklich presste er seine Schenkel zusammen, um nicht aus dem Sattel katapultiert zu werden. Er schwankte. Kippte zur rechten Seite. Ein anschwellendes Raunen ging durch die Menge. Doch er blieb im Sattel.

Schweiß lief ihm wie ein Wasserfall übers Gesicht. Brannte in seinem gesunden Auge. Das Tuch, das die rechte Augenhöhle bedeckte, war ein Stück weit verrutscht. Die Hitze unter dem Topfhelm glich dem Feuer der Hölle. Seine Haare klebten an der Stirn. Einzelne Strähnen hatten sich aus der Lederschnur gelöst, mit der er sie im Nacken zusammengebunden hatte und behinderten seine Sicht.

Arnfried stieß einen derben Fluch aus. Er blinzelte die salzigen Tropfen so gut es ging fort. Als er das Ende der Bahn erreichte, wendete er sein Pferd durch festen Druck der Schenkel. Am gegenüberliegenden Ende der Bahn hatte sein Gegner das Schlachtross ebenfalls gewendet.

Es war ein prächtiges Tier. Schwarz wie die Nacht. Für die Schlacht gezüchtet. Im Gegensatz zu dem Ackergaul, den er ritt. Es grenzte an ein Wunder, dass das altersschwache Tier noch auf den Beinen war. Weißer Schaum kräuselte sich um sein Maul. Lange würde der Fuchs nicht mehr durchhalten. Eine, vielleicht zwei Runden noch. Wenn der Kampf überhaupt solange dauern würde. Einen weiteren Treffer wie den letzten würde er nicht einstecken können.

Sein Schildarm fühlte sich taub und nutzlos an. Ihm verblieb genügend Kraft, ihn gegen den Körper zu pressen. Keinesfalls aber

4

wäre er in der Lage, ihn zu heben. Für weitere Gedankengänge war es zu spät. Sein Gegner gab dem kolossalen Biest die Sporen.

Im Angaloppieren legte der Ritter die Lanze an. Arnfried tat es ihm gleich. Sein Pferd schnaubte. Er war weit gekommen in diesem Turnier. So weit, dass er das Preisgeld schon in seinem Beutel glaubte. Nun würde er in den nächsten Herzschlägen wie ein nasser Sack in den Sand fallen. Unter dem Johlen und Jubelrufen der Zuschauer.

Er verzog sein Gesicht zu einer zornigen Grimasse. Arnfried fixierte die Lanze seines Gegners. Versuchte, den Punkt vorherzusagen, wo sie auf seinen Körper träfe. Gleichzeitig suchte er nach einer Lücke in der Verteidigung. Und fand keine. Ein gezielter Treffer war alles, was zwischen Sieg und Niederlage stand. Zwischen Freiheit und Knechtschaft.

Arnfried sah die gespreizte Spitze auf sich zufliegen. Er wusste, dass er der Wucht des Stoßes nichts entgegenzusetzen hatte. Unerheblich, wo sie ihn treffen würde. Die altersschwache Rüstung würde dem Aufprall nicht standhalten. Das Donnern der Hufe und das Keuchen seines Wallachs drangen durch den Helm an sein Ohr. Seit er ein Schwert in der Hand halten konnte, war ihm beigebracht worden, der Gefahr sehenden Auges zu trotzen. Dem Unaufhaltsamen die Brust zuzuwenden und standhaft zu bleiben. Er würde nicht weichen. Sein Blick lag auf dem nahenden Ritter. Schild und Lanze waren optimal ausgerichtet. Arnfried schloss die Augen. Ein Versuch. Mehr blieb ihm nicht. Er folgte dem Körper, nicht den Gedanken.

Das Hämmern der Hufe begann zu verblassen. Auch die Menge war verstummt. Gespannt verfolgte sie den unmittelbar bevorstehenden Zusammenstoß. Arnfried öffnete das Auge. Sah die Spitze auf sich zu schießen. Schnell und unaufhaltsam wie ein Pfeil.

Warten. Die Zeit schien still zu stehen. Erdklumpen spritzten unter den Hufen der Pferde empor. *Warten.* Er hörte seinen eigenen Herzschlag wie Kirchenglocken in seinen Ohren dröhnen. *Warten.* Die Lanzenspitze war noch einen Fingerbreit von seinem Körper entfernt.

Jetzt. Hastig drehte Arnfried den Oberkörper zur linken Schulter. Wirkungslos schoss die Spitze des Ritters an ihm vorbei. Seine Lanze folgte der Bewegung. Die Zuschauer kreischten auf, als sein Gegner ihn passierte.

Nun zählte jeder Lidschlag. Er drehte sich weiter ein, hob den Arm und hievte die Lanze an seinem Kopf vorbei. Ein Ruck erschütterte seinen Arm, als das stumpfe Ende der Stangenwaffe auf Widerstand traf. Die Menge zog hörbar die Luft ein. Arnfried verlangsamte den Ritt und wendete das völlig erschöpfte Tier. Sein Gegner saß weiterhin im Sattel.

»Komm schon, du verfluchter Bastard.«

Das Schlachtross war in einen gleichmäßigen Trab verfallen. Sein Reiter hüpfte bei jeder Bewegung mit. Stille hatte sich über dem Platz ausgebreitet. Niemand, Arnfried eingeschlossen, traute sich, zu atmen. Als das gewaltige Tier das Ende der Bahn erreichte, glitt der Ritter lautlos aus dem Sattel. Die Menge brach in einen taumelnden Jubel aus. Knappen eilten ihrem Herrn zu Hilfe, der regungslos im aufgewühlten Sand lag.

Arnfried stieß einen erleichterten Seufzer aus und ließ die Lanze kraftlos zu Boden fallen. Er lenkte das Pferd zur Haupttribüne. Dort, wo der Graf von Markfurt mit Familie und dem adeligen Gefolge das Schauspiel verfolgte. Dieser hatte sich erhoben und forderte die Menge mit erhobenen Armen auf, sich zu beruhigen.

»Was für ein imponierendes Schauspiel. Fürwahr. Du hast dir den Sieg redlich verdient.« Der Graf wurde durch die johlende Menge unterbrochen. Arnfried nutzte die Gelegenheit und zog sich den schweren Helm vom Kopf. Ein lauer Wind wehte ihm über das verschwitzte Gesicht. Sein gesundes Auge fixierte den Grafen. »Wie lautet dein Name?«

»Arnfried von Ehrfeld, Herr.«

»Wohlan.« Der Graf nickte ihm zu, »dann erkläre ich dich, Arnfried von Ehrfeld zum Sieger unseres Turniers.«

Lautstarker und anhaltender Beifall war die Folge. Der Graf hob erneut die Hände. »Fünfundzwanzig Mark Preisgeld sollen dein Lohn sein. Und ein Ehrenplatz an unserer Tafel heute Abend.«

Arnfried nickte dem Grafen ehrerbietig zu. Dabei streifte sein Blick die Tribüne. Neben der Gräfin saß eine junge Frau. Vermutlich die Zofe. Sie trug ein grünes Kleid und ein silberfarbenes Schapel über der Stirn. In ihr blondes Haar waren rosafarbende Bänder eingeflochten. Ihre Blicke trafen sich für einen Lidschlag.

Sie verzog ihre Lippen zu einem verheißungsvollen Lächeln.

Freiburg im Breisgau

Das Haus lag in völliger Dunkelheit. Kein Laut drang auf die Straße. Ein paar Straßen weiter bellte ein Hund, während der Rest der Stadt schlief. Pater Ortwin drückte sich an die Mauer. Sein Blick war auf den gräflichen Hauptmann gerichtet.

»Wenn Ihr mich fragt, Pater, sieht alles ruhig aus.« Ortwin lugte hinter der Mauer hervor. Es stimmte. Im zweistöckigen Fachwerkhaus war es stockdunkel. Nirgendwo brannte Licht, alles sah friedlich aus. Konnte es sein, dass er sich irrte? Dass sie der falschen Spur gefolgt waren? Hatte er das Leben des Mädchens vergebens riskiert?

Er atmete flach ein und aus. Er schloss die Augen. Nein. Die Spurenlage war eindeutig gewesen. Die Schrift, der teure Wein und das Messer. Sie waren ihnen gefolgt und hierher geführt worden. Zu diesem Haus. Dessen ungeachtet nagten Zweifel an ihm.

»Seid Ihr sicher, dass er der Mörder ist, Pater? Wenn Ihr Euch irrt, dann …«

Absolut sicher? Nein. Herr, lenke meine Hand.

»Ja«, Ortwin wischte sämtliche Zweifel rüde beiseite, »Ich bin mir sicher. Dort werden wir das Mädchen und den Paktierer finden.«

»Der Herr Konrad ist ein einflussreiches Mitglied der Zunft und genießt das Vertrauen des Grafen«, gab der Hauptmann zu bedenken.

»Was ihn nicht daran gehindert hat, Mädchen auszuweiden.«

»Seid Ihr sicher, dass er ein Mensch ist?«

»Der Dämon befällt den Geist. Manipuliert den Verstand und verleiht ein großes Maß an Kraft. Keine Unsterblichkeit.«

Ortwin konnte die Furcht in den Augen des Mannes erkennen. Er bereute die harschen Worte. Was er brauchte, waren mutige Männer. Keine Zauderer.

»Und wenn er doch teuflische Kräfte besitzt?«

»Für den Fall bin ich gerüstet. Habt Vertrauen in den Herrn. Er wird uns schützen.« Ortwin wies auf die beiden Waffenknechte an seiner Seite. »Falk und Hartmann sind erprobte Kämpfer. Sie wissen, was in solchen Fällen zu tun ist.«

Der Hauptmann nickte zaghaft und wandte sich an seine vier Männer. »Habt keine Furcht. Die Straße ist abgesperrt. Er kann uns nicht entkommen. Bleibt zusammen. Gott ist mit uns.« Er schaute zu Ortwin und dieser nickte zustimmend.

»Wir müssen uns beeilen. Er tötet immer vor Morgengrauen.« Die Männer zogen die Schwerter. Ortwin schlug das Kreuzzeichen über ihren Köpfen.

»Der Herr hüte und beschütze euch.«

Geduckt und im Schutze der Schatten der umstehenden Häuser liefen sie los. Die Büttel voran. Gefolgt von Falk und Hartmann. Ortwin bildete die Nachhut. Sie erreichten das Tor und der Hauptmann schlug mit dem Schwertknauf gegen das Holz.

»Im Namen des Grafen von Freiburg, aufmachen!«

Es dauerte eine Weile, bis sich die Luke im Torflügel öffnete. Ein verschlafenes bärtiges Gesicht blinzelte ihnen entgegen. In der Hand trug er eine Fackel.

»Was wollt ihr zu dieser unchristlichen Zeit?«

»Wir müssen deinen Herrn sprechen.«

»Der schläft längst.«

»Mach die Tür auf, sonst schlagen wir sie ein.«

Krachend flog die Luke zu. Alles war wieder still. Mehrere Herzschläge tat sich nichts. Ortwin begann zu argwöhnen, dass der Diener sich wieder schlafen gelegt hatte, als der Riegel krachend zurückgezogen wurde. Blitzartig stürmten die Männer durch das geöffnete Tor. Sie schoben den verängstigten Mann rüde beiseite.

»Gibt es hier eine Werkstatt?« Ortwin schaute sich suchend um.

»Dort, Pater.« Der Mann zeigte auf ein Wirtschaftsgebäude zu ihrer Linken. In wenigen Sätzen waren die Männer dort. Ohne zu zögern, traten sie die Tür ein und strömten ins Innere. Ortwin folgte mit dem Knecht. Auf das Schlimmste vorbereitet. Der Raum, der von der Fackel des Dieners erhellt wurde, war leer. Ortwins Kehle wurde trocken. Er hatte sich geirrt.

»Nichts.«

»Ihr werdet Euch vor dem Grafen erklären, Pater.« Der Hauptmann steckte sein Schwert in die Scheide und stieß den Knecht wütend aus dem Weg. Er befand sich im Türrahmen, als ein gellender Schrei ertönte.

9

Als Arnfried das Zelt betrat, wurde er bereits erwartet. Graf Andreas von Markfurt hatte die Arme vor der breiten Brust verschränkt. Vier Bewaffnete hatten im Hintergrund Aufstellung bezogen und warfen ihm misstrauische Blicke zu. Er verbeugte sich knapp. »Wie ich sehe, habt Ihr von Eurem Recht als Turniersieger vollumfänglich Gebrauch gemacht.« Der Graf deutete auf das Schlachtross. Zwei Knappen legten in diesem Moment Kettenrüstung und Plattenrock über den Sattel.

»Meine Rüstung ist rostig und mein Gaul hätte es keine zwanzig Meilen mehr geschafft«, zuckte er gleichmütig mit den Schultern, »ich hatte keine Wahl.«

Der Graf winkte ab. »Bronnrück kann es sich leisten. Seid versichert. Sofern er nicht stirbt.«

Arnfried schaute flüchtig zum eindrucksvollen Zelt des Ritters. »Er ist bewusstlos. Der Wundheiler ist guter Dinge und glaubt, dass der Ritter überleben wird.«

»Das freut mich zu hören. Er ist ein herausragender Kämpfer und ein treuer Vasall.«

»Dann wollt Ihr Euch sicher von seinem Wohlergehen persönlich überzeugen.« Er machte Anstalten zu gehen. Doch der Graf von Markfurt stellte sich ihm scheinbar zufällig in den Weg.

»Ich bin wegen Euch hier, Herr Arnfried. Euer Knappe sagte mir, dass ich Euch hier fände.«

»Er ist nicht mein Knappe. Nur ein Bauernjunge, der auf meine Sachen aufpasst.«

»Wie auch immer. Ich bin hier, um Euch ein Angebot zu machen.«

Arnfried runzelte die Stirn. Ein ungutes Gefühl beschlich ihn bei diesen Worten.

»Ein Angebot, Herr?«

Der Graf nickte. »Ihr seid ein Mann, der es versteht zu kämpfen. Wo habt Ihr das gelernt?«

»Im Heiligen Land.«

»Ihr wart ein Kreuzfahrer?«

»Ich habe Heiden getötet, wenn Ihr das meint.«

Die Augen des Grafen bewegten sich hektisch in den Höhlen. Offenbar war er direkte Worte nicht gewohnt.

»Ich will Euch in meine Dienste nehmen, Herr Arnfried. Ich zahle Euch den Sold eines Hauptmanns.«

Er fühlte einen heißen Stich in der Magengegend und schüttelte den Kopf. »Ich fürchte, das ist nicht möglich, Herr.«

Die Augen von Markfurts verengten sich für einen Lidschlag. »Seid so gütig und klärt mich auf. Ihr tragt niemandes Wappen und seid somit nicht gebunden.«

»Die Zeiten, wo ich mein Schwert in fremde Dienste stellte, sind vorbei. Ich kämpfe nur noch für mich. Wenn ich den Tjost verloren hätte, wäre mir keine Wahl geblieben, als Euer Angebot anzunehmen. Nun stehen die Dinge anders ...«

Der Graf ließ die Zunge langsam über die Zähne gleiten. Missfallen hatte sich auf die zuvor heiteren Züge gelegt. »Und wenn ich Euch ein Lehen in Aussicht stelle?«

»Würde das nichts an meiner Entscheidung ändern, Herr. Land macht abhängig. Ich bin lieber frei.«

Der Graf nickte versonnen. »Eure Entscheidung betrübt mich, Herr Arnfried. Ihr hättet es weit in meinem Dienst gebracht.«

»Damit muss ich leben, Herr.«

»Das müsst Ihr. Ich werde das Angebot nicht wiederholen. Sicher werdet Ihr verstehen, dass ich Euch unter diesen Bedingungen nicht an der hohen Tafel dulden kann.«

Arnfried nickte knapp. Er hatte mit einer derartigen Reaktion gerechnet. Der Graf trat zur Seite und gab ihm durch einen Wink zu verstehen, dass er sich entfernen durfte. Er hatte, bis auf das Schwert, alles eingefordert, was ihm als Sieger zustand. Zusammen mit dem Preisgeld und dem Erlös aus dem Verkauf der alten Rüstung hatte er ein kleines Vermögen erstritten. Es würde ihm für die nächsten Jahre ein bequemes Leben sichern, wenn er keine größeren Ausgaben tätigte. Er führte das Pferd zu seinem Zelt und rief nach dem Jungen. Nichts rührte sich.

»Verfluchter kleiner Bastard. Hurt vermutlich mit meinem Geld herum, statt auf mein Zeug aufzupassen.«

Er band das Pferd an und griff nach der schweren Rüstung. Er legte sie behutsam ins Gras. Er würde sie später forträumen. Nachdem er sich von Schweiß und Staub befreit hatte. Arnfried trat ins Innere.

Augenblicklich schnellte die Hand zum Schwertgriff. Eine kräftige Gestalt löste sich aus den Schatten und kam langsam auf ihn zu. Die Kettenringe der Rüstung klirrten leise bei jedem Schritt. Sein Griff entspannte sich, als er das rote Kreuz auf dem weißen Wappenrock erkannte. Die Gestalt schlug die Kapuze seiner Gugel zurück. Zum Vorschein kam ein weißhaariger Schopf, der zu einer Tonsur geschnitten war.

»Es war nicht einfach, dich zu finden, Bruder.«

Ortwin fuhr zusammen. Der Schrei kam aus der Werkstatt. Schwerter wurden gezogen. Männer schauten sich suchend um. Von Panik und Tatendrang gleichermaßen erfasst. Der Hauptmann griff den Diener unsanft am Kittel und stieß ihn gegen die Wand. »Dein Herr schläft also? Wo ist er?« Furcht schwang in der Stimme des Soldaten. Der Diener zuckte zusammen und stieß einen erschreckten Schrei aus.

»Ich weiß es nicht.«

Ortwin wandte den Blick von den Männern ab, die anfingen, Regale umzuwerfen. Er ging auf den verängstigen Mann zu und setzte eine grimmige Miene auf.

»Deine Loyalität ist lobenswert. Aber sie ist verschwendet. Du wirst neben deinem Herrn hängen und in der Hölle schmoren, wenn du uns nicht hilfst.«

»Ich …«, der Mann schluckte hart und senkte den Blick. Ortwin konnte sich ausmalen, wie groß die Angst vor dem Zunftmeister sein musste. Und sie war nicht unbegründet, wie er eingestehen musste. Er hatte gesehen, wozu der Mann fähig war. Die Kaltblütigkeit und Lebensverachtung. Sein geschultes Auge erkannte, dass er mit Drohungen nicht weiterkäme. Er legte dem zitternden Diener die Hand auf die Schulter.

»Der Herr vergibt denen, die das Rechte tun. Ich weiß, dass du an den Morden nicht beteiligt warst. Doch wenn du schweigst, klebt das Blut des Mädchens auch an deinen Händen.« *So wie an meinen*, fügte er in Gedanken hinzu.

Der Mann hob den Kopf. Angsterfüllte Augen blickten ihm entgegen. Schauten an ihm vorbei. Zu einer Werkbank zu seiner Linken. Ortwin folgte dem Blick.

»Hebt die Werkbank an,« wies er zwei Soldaten an, die ihr am nächsten standen.

»Hartmann, Falk. Ihr geht voran.« Er fühlte, wie sein Innerstes sich zusammenzog. Ohne Zweifel hatte der Zunftmeister ihre Schritte gehört. Möglicherweise gar ihre Worte. Er würde in jedem Fall wissen, dass sie kämen. *Herr, halte deine schützende Hand über die Krämertochter.*

»Was sollen wir mit diesem Wurm hier machen?« Der Hauptmann hielt den Diener noch immer am Kittel gepackt. Ortwin folgte dem

Blick des Mannes.

»Bindet und bewacht ihn. Gottes Gerichtsbarkeit wird ihm vergeben. Bei der Weltlichen bin ich mir da nicht sicher.« Er wandte sich ab und schritt zur mittlerweile freigelegten Luke. Hinter sich hörte er den Diener aufschreien und um Gnade winseln.

Falk und Hartmann waren hinabgestiegen. Zwei Soldaten des Grafen von Freiburg waren im Begriff ihnen zu folgen. Ortwin schloss sich ihnen an. Eine steile Holztreppe führte nach unten. Dunkelheit hüllte ihn ein. Die Luft war stickig und von einem schweren süßlichen Geruch erfüllt. Vor sich hörte er das Würgen eines der gräflichen Männer.

Sie gelangten in einen schmalen Gang, dessen Ende von einer Tür versperrt war. Falk und ein weiterer Mann warfen sich in dem Moment gegen das Holz, als Ortwin eintraf. Holz splitterte. Ein polterndes Krachen ertönte, als die Tür unter dem Gewicht der gerüsteten Männer nach innen aufbrach. Beide Männer taumelten in den Raum. Gefolgt von Hartmann und den übrigen Männern. Ortwin war direkt hinter ihnen.

In seiner Hand das silberne Kreuz, das er bis zu diesem Moment an einer silbernen Kette um den Hals getragen hatte. Der Gestank des Todes wehte ihm entgegen und trieb die Galle empor. Es kostete Ortwin sein letztes Maß an Selbstbeherrschung, sich nicht zu erbrechen. Die Kammer war spärlich beleuchtet. Eine Fackel steckte in einer Wandhalterung und warf ihr diffuses Licht an die kahlen Wände. Von der Decke hingen, Ortwin verzog angewidert das Gesicht, getrocknete Häute. Menschenhaut, schoss es ihm durch den Kopf.

In der Mitte des Raums befand sich ein Tisch, auf dem die regungslose Gestalt des Mädchens lag. Das Gesicht von der Tür abgewandt. Dahinter stand der Zunftmeister. Er hielt ein Fleischermesser in der rechten und einen länglichen Gegenstand in der linken Hand. Ein Finger, wie Ortwin mit Entsetzen erkannte. Das Gesicht des Mannes war verzerrt. Die Augen weit aufgerissen. Der Blick gläsern. Vom Wahnsinn zerfressen. Der Mörder wandte den Blick auf die Eindringlinge. Sah scheinbar durch sie hindurch. Ortwin gewann als erster die Fassung wieder. Er riss das Kreuz empor.

»Deus, in nomine tuo salvum me fac«, begann er den Exorzismus. Während er sprach, ging er langsam auf den Mann zu, »et in virtute tua iudica me.« Aus den Augenwinkeln konnte er erkennen, wie die Männer begannen, den Zunftmeister der Gerber einzukreisen. Dieser trat von seinem Opfer weg und Ortwin entgegen.

»Ihr werdet mich nicht hindern, mein Werk zu vollenden!« Geifer spritzte von den Lippen des Mannes. Sein fiebriger Blick hetzte durch den Raum. Er hob den Dolch und rannte auf Ortwin zu. Dieser schob das Kreuz schützend zwischen sich und dem Angreifer.

»Deus, exaudi orationem meam«, er schrie die Worte dem Anstürmenden entgegen. In der Hoffnung, ihn damit aufzuhalten. Doch der Zunftmeister rannte weiter. Die Spitze des Dolches blitzte im Fackelschein auf. Dann blieb er plötzlich stehen. Für einen Herzschlag blickten sie sich in die Augen.

Dann öffnete sich seine Hand und die Waffe fiel zu Boden. Die Augen waren weit aufgerissen. Der Hass verschwunden. An seine Stelle war Verwunderung getreten. Er schaute an sich herab. Langsam. Als wäre die Zeit ohne Bedeutung. Ortwin folgte dem Blick. Aus der Brust des Mannes ragten zwei Klingen. Das dunkle Blut schimmerte glitzernd im Licht der Fackel. Dann versagten die Beine ihm den Dienst und er knickte ein.

Falk und Hartmann standen hinter ihm. Zogen die Schwerter ruckartig aus dem Körper. Ein Gurgeln entwich der Kehle des

Sterbenden, als er den Mund öffnete. Ein rotes Rinnsal lief ihm über die Lippen. Tropfte auf das kostbare Gewand. Der Blick des Mannes brach und er kippte seitlich zu Boden. Ortwin atmete auf und nickte den Waffenknechten dankbar zu. Dann eilte er zum Tisch. Die Krämertochter hatte eine hässliche Wunde an der Schläfe. Ihr linker Zeigefinger fehlte. Mit zitternden Fingern tastete Ortwin nach ihrer Halsschlagader. Als er den kräftigen Schlag fühlte, bekreuzigte er sich und dankte dem Herrn.

Das Mädchen lebte.

***

2.

»Ich bin nicht Euer Bruder. Nicht mehr. Diese Zeit ist vorbei.«
Die Anwesenheit des alten Templers traf ihn wie ein Hufschlag.
Überraschend und mit voller Härte. Sein Geist wurde mit Bildern
geflutet, die er mehr oder weniger in seinem Innersten begraben
glaubte. Mit Hugo von Steinbachs Erscheinen traten sie an die
Oberfläche zurück und rissen alte Wunden auf.

Das Klirren von Schwertern und die Schreie der Sterbenden
drangen an sein Ohr. Ihm war, als könne er die salzige Meeresluft
wieder riechen. Fühlte, wie sein Atem flacher wurde. Wie ihm das
Herz bis zum Hals schlug. Panik ergriff ihn. Umschloss die Brust
und drückte sie langsam zusammen. Sein Geist schien in einem
Strudel aus Erinnerungen gefangen. Ohne Aussicht auf Entkommen. Schweiß trat ihm auf die Stirn.

Arnfried sah, wie Hugos Lippen sich bewegten. Doch die Worte
drangen nicht zu ihm vor. Ihm war, als würde er wie durch einen
schweren Vorhang hindurch hören. Für den Bruchteil eines Lidschlages kam ihm der Gedanke, den Templer zu erschlagen, um mit
ihm die qualvollen Erinnerungen zu begraben. Sein Griff entspannte sich und glitt vom Schwertgriff. Dann war der Spuk vorbei. Arnfried blinzelte und benötigte mehrere Herzschläge, bevor er begriff,
wo er war.

»Geht es dir nicht gut?«

»Ging mir nie besser.«

»Du siehst mitgenommen aus.«

»Das Turnier war lang.« Arnfried stieß hörbar die Luft aus den
Lungen. Hugo warf seinem einstigen Schützling einen undurch-
dringlichen Blick zu.

»Es ist allgemein üblich, einem Gast einen Trunk zu reichen.«

»Ihr seid nicht mein Gast. Verschwindet.«

»Du hast dich verändert, Arnfried. Ich erkenne dich kaum wieder.«

»Wie habt Ihr mich gefunden?« Er war sich verdammt sicher gewesen, sämtliche Spuren gründlich verwischt zu haben. Offenbar war ihm das nicht ganz gelungen. Sein einstiger Mentor bedachte ihn mit dem gönnerhaften Lächeln, das er so hasste. Allzu oft hatte er es im Heiligen Land ertragen müssen, wenn Hugo ihn im Zweikampf besiegt hatte.

»Es hat einige Zeit gedauert. Aber du solltest wissen, dass es kaum einen Ort gibt, wo der Orden nicht über Augen und Ohren verfügt.«

»Ihr habt mich beobachten lassen?«

»Du hast das Banner ohne Erlaubnis verlassen. Das allein wäre Grund genug, dich zu verhaften.«

»Es gab kein Banner mehr, das ich hätte verlassen können.«

»Dessen ungeachtet hast du deinen Eid gebrochen.«

Arnfrieds Rechte fuhr erneut zum Schwertgriff.

»Nennt mich noch einmal Eidbrecher und ich erschlage Euch, wo Ihr steht.«

Die beiden Männer sahen sich an und fochten einen stillen Zweikampf aus. Es war Hugo, der den Blick abwandte. Er sah sich in dem spärlich eingerichteten Zelt um. »Ist das alles, wozu du es in den letzten Jahren gebracht hast?«

»Was wollt Ihr von mir?«

»Dein Schwert.«

»Dann seid Ihr gekommen, um mich zurückzuholen?«

»Hätte es einen Sinn, dich an deine Pflicht zu erinnern?«

»Nein.«

»Du schuldest deinem Orden und Gott Gehorsam,« warf Hugo

ohne Nachdruck ein.

»Ich scheiß auf den Orden. Und was Gott betrifft, wir haben eine Übereinkunft. Ich halte mich aus seinen Angelegenheiten raus und er sich aus meinen.«

»Das ist Blasphemie.« Hugo bekreuzigte sich.

»Nennt es, wie Ihr wollt.«

Wieder starrten sich die Männer an. Dieses Mal für wenige Lidschläge. Hugo stieß einen Seufzer aus.

»Wenn du dich dem Orden verweigerst, dann wirst du vielleicht einem Schwertbruder helfen?«

Arnfried starrte seinen einstigen Mentor mit offenem Mund an. »Ihr wärt der Letzte, dem ich helfen würde«, schnaubte er.

»Es geht um eine dringliche Angelegenheit. Der Orden braucht dich.«

»Wo war der Orden, als ich ihn gebraucht habe?« Arnfried fühlte Zorn in sich aufsteigen. Bis vor wenigen Momenten war er mit sich und seinem Leben zufrieden. Jetzt drohte alles wieder von vorne zu beginnen. Der Schmerz, die Enttäuschung und der Groll.

»Du kannst dein Wesen nicht abstreifen, wie einen alten Mantel. Du kannst davonlaufen. Aber du wirst Gott und deinem Gewissen nicht entkommen.«

»Verschwindet.«

»Was vergangen ist, ist geschehen und lässt sich nicht mehr rückgängig machen. Hilf mir und ich werde dich ziehen lassen. Mit einem gefüllten Beutel und einer ehrenvollen Entlassung.«

»Ich habe bereits einen gefüllten Beutel und meine Freiheit. Es gibt nichts, was du mir geben könntest, was ich nicht besitze.«

Hugo seufzte genervt. »Hör mich wenigstens an, Arnfried. Um der alten Zeiten willen.«

»Nein. Nehmt die alten Zeiten und schert Euch zum Teufel.« Seine Stimme zitterte und er hasste sich für diese Offenbarung der Schwäche. Der alte Templer schüttelte betrübt den Kopf.

»Drei Stunden von hier auf der Straße nach Eberlingen gibt es eine Kapelle. Ich warte dort einen Tag auf dich, falls du deine Meinung änderst. Danach findest du mich in Weihbach, in der Grafschaft Eberlingen.«

»Ihr verschwendet Eure Zeit«, erwiderte Arnfried kühl.

»Nein«, Hugo von Steinbach schüttelte seinen Kopf und lächelte mitleidig, »du bist es, der Zeit in der Vergangenheit verschwendet.« Dann trat er aus dem Zelt.

Konstanz

Er küsste den dargebotenen Siegelring behutsam.

»Pax vobiscum«, intonierte Heinrich von Klingenberg, Bischof von Konstanz.

»Et cum spiritu tuo«, erwiderte Ortwin pflichtschuldig und erhob sich.

»Gehen wir ein Stück.«

Sie durchschritten den Kreuzgang, der an einen Rosengarten angrenzte. Zwei Laienbrüder waren dort schweigend mit der Pflege der Beete beschäftigt. »Euer Auftrag war ein Erfolg, Pater?«

»Ja, Euer Exzellenz.«

»Dank sei Gott«, der Bischof bekreuzigte sich. »Wer war es?«

»Der Zunftmeister der Gerber.«

Der Kirchenfürst hob die Brauen und schwieg. Er bedeutete Ortwin mit einem Wink der beringten Hand fortzufahren.

»Wir konnten ihn stellen, als er im Begriff war, ein weiteres Mädchen zu töten. Sie hat einen Finger verloren, ist aber am Leben. Meister Robert hat seine gerechte Strafe erhalten.«

Ein fragender Blick des Bischofs ließ Ortwin fortfahren. »Er starb durch die Klingen Eurer Waffenknechte, Exzellenz, als er versuchte, mich zu töten.«

»Ich danke dem Herrn, dass Ihr wohlauf seid, Pater.« Heinrich legte ihm eine Hand auf die Schulter.

»Für den Frieden ist es auf diese Weise am besten. Ein Prozess hätte viele Fragen aufgeworfen. Fragen, auf die der Graf keine passenden Antworten hätte.«

»Wollt Ihr damit sagen, dass er von Meister Roberts Taten wusste?«

»Soweit würde ich nicht gehen, Exzellenz. Es spricht zumindest vieles dafür, dass Graf Egino die Taten nicht mit den ihm zur Verfügung stehenden Mitteln verfolgt hat.«

Sie gingen schweigend nebeneinander her. Die Hände in den Ärmeln ihrer Gewänder versteckt. Ortwin gab dem Bischof Zeit, über das Gehörte zu sinnieren.

»Was ist mit dem Hausstand des Zunftmeisters?«

»Es gab einen Diener. Er wurde der weltlichen Gerichtsbarkeit übergeben. Ich bin mir sicher, dass der Graf ihn diskret aburteilen wird.«

Der Bischof nickte zufrieden. Ein lauer Wind wehte in den kühlen Gang hinein.

»War er vom Leibhaftigen besessen?«

Ortwin überlegte einen Lidschlag lang. »Anders kann ich mir diese grausamen Taten nicht erklären, Exzellenz. Kein gottesfürchtiger Mensch ist zu solch abscheulichen Taten fähig. Der Gedanke an den Zustand seiner Opfer lässt mich noch immer erschaudern.«

Der Bischof warf ihm einen mitfühlenden Blick zu.

»Umso besser, dass er vom Antlitz der Erde getilgt wurde, Pater. Wie seid Ihr ihm auf die Spur gekommen?«

21

»Eine Zusammensetzung aus Kleinigkeiten.«

»Kleinigkeiten?«

»Alle Opfer wurden zuletzt im oder in der Nähe des Gerberviertels gesehen. Bei den Untersuchungen fand ich Spuren von Gerberflüssigkeiten an den Händen der Toten und Rückstände von Wein an den Lippen.«

»An den Lippen?« Der Bischof schaute ungläubig zu Ortwin. Dieser nickte.

»Der Geruch blieb nach dem Tod bei manchen erhalten.«

»Dadurch seid Ihr auf den Zunftmeister gekommen?«

»Die Hinweise ließen den Schluss zu, dass der Mörder ein Gerber war. Mit genug Geld, um arme Mädchen mit Wein in ihr Verderben zu locken. Darüber hinaus haben wir nach einem Mann gesucht, der die Möglichkeiten hatte, ungestört zu morden. Die Stadttore waren zum Zeitpunkt der Taten stets verschlossen. Größere Blutmengen gab es an den Fundorten nicht. Daraus habe ich geschlussfolgert, dass der Mörder die Taten innerhalb der Stadtmauern und in einem geschützten Raum beging. Dinge, die auf den Zunftmeister hindeuteten.«

Der Bischof nickte anerkennend. »Ihr habt der Kirche einen treuen Dienst erwiesen, Pater. Ich bin überaus zufrieden mit Euch.«

»Ich lebe, um dem Herrn zu dienen, und die Feinde Gottes ihrer gerechten Strafe zuzuführen.«

»Der Dank des Herrn ist Euch gewiss, Pater Ortwin«, er lächelte, »und ich bin mir sicher, dass Ihr den nächsten Auftrag ebenso gewissenhaft erfüllen werdet.«

Ortwin hob den Kopf. »Ich hatte gehofft, mich wieder meinen Studien widmen zu können. Die Reise war beschwerlich.« *Und meine Seele ist erschüttert*, fügte er in Gedanken hinzu.

»Es ist eine heikle Angelegenheit. Ich wüsste keinen besseren

Mann als Euch, dem ich sie anvertrauen könnte.«

»Das fällt mir schwer zu glauben, Exzellenz. Es gibt an Eurem Hof zahlreiche Priester, die mehr Erfahrung besitzen und weitaus gebildeter sind, als ich.«

»Das stimmt und dennoch will ich Euch. Ihr seid nicht im Kloster aufgewachsen und steht mit beiden Beinen im weltlichen Leben.«

»Ihr meint, dass ich die Abgründe der menschlichen Seele kenne.«

Der Bischof nickte sachte. »Besser, als jeder andere meiner Priester. Ihr folgt Eurem Verstand. Keinem Dogma.«

»Seit wann ist das eine hervorstehende Eigenschaft im Kirchendienst, Exzellenz?«

»Sie ist es nicht«, gab Bischof Heinrich zu, »aber Gott hat Eure Talente in meinen Dienst gestellt und ich werde sie entsprechend Eurer Fähigkeiten nutzen.«

Gut, dachte Ortwin bei sich, *jetzt weiß ich, wo mein Platz ist. Auf die Mitra werde ich wohl vergebens warten.*

»In dem Fall bin ich Euch dankbar für Euer Vertrauen, Exzellenz.«

»Spott ist ebenfalls eine Eigenart, die einem Priester nicht gut zu Gesicht steht, Pater Ortwin.«

»Verzeiht, Exzellenz. Ich bin bereit, Euch zu dienen.«

»Der Abt von Sankt Ulrich wurde erhängt in seiner Kammer aufgefunden.«

»Klingt nach einem Selbstmord.«

Heinrich nickte.

»Man fand einen Brief, in dem der Abt die Tat mit Schuldgefühlen erklärt. Er liebte einen der Novizen und konnte mit dem schlechten Gewissen nicht leben. Er schnitt dem Jungen die Kehle durch und richtete sich anschließend selbst.«

»Gütiger Himmel«, er bekreuzigte sich, »verzeiht, Exzellenz, aber die Tat scheint aufgeklärt.«

»Der Knabe war der Gottfried von Eberlingen. Sohn des Grafen von Eberlingen.«

»Heiliger Jesus«, entfuhr es Ortwin, was ihm einen tadelnden Blick des Bischofs einbrachte. »Ihr versteht, weshalb ich Euch bitte, Eure Studien zu verschieben?«

»Wann soll ich aufbrechen?«

»Zu dieser Stunde, Pater.«

Grafschaft Markfurt

Er brannte. Fühlte, wie Feuer das Fleisch versengte und von den Knochen schälte. Haare schmolzen unter der Hitze dahin. Ein widerwärtiger Gestank umgab ihn. Dichter Qualm stieg ihm in Mund und Nase. Er hustete. Schnappte nach Luft. Doch alles, was seine Lungen einsogen, war beißender Rauch. Heißer, sengender Schmerz hüllte ihn ein. Er schrie. Kreischte von Todesangst erfüllt. Dann wachte er auf.

Das Herz raste in der Brust. Der nackte Oberkörper war von dünnen Schweißperlen bedeckt. Keuchend lag er in den Kissen. Orientierungslos blickte Arnfried sich um. Vogelgezwitscher drang an sein Ohr. Der Schleier der Nacht begann sich vor seinem Auge zu lüften. Er befand sich in einem Bett, das in einer bescheidenen Kammer stand. Er fühlte den warmen, weichen Körper des Mädchens an seiner Seite. Aus dem Augenwinkel sah Arnfried das blonde Haar, das sich ihm über die Brust ergoss und ihn bei jedem Atemzug kitzelte.

Langsam kehrte die Erinnerung zurück. Arnfried wusste, dass er gestern in der Halle zusammen mit den Männern des Grafen gefeiert hatte. Fernab der hohen Tafel. Das Bier war in Strömen geflossen und irgendwann war er aufgestanden, um sich im Lichthof der Burg zu erleichtern. Dabei war ihm die Schönheit von der Tribüne über den Weg gelaufen. Er runzelte die Stirn und versuchte die Nebelschwaden, die seine Gedanken einhüllten, zu durchdringen. Ohne Erfolg. Falls sie ihm ihren Namen gesagte hatte, wusste er ihn nicht mehr. Hatten sie überhaupt miteinander gesprochen? Er konnte es beim besten Willen nicht sagen.

Irgendwann war er dann in dieser Kammer gelandet. Zu seinem tiefen Bedauern lag auch die Nacht größtenteils hinter den trüben Dunstschichten seiner Erinnerung. Einzig die Bissspuren an seinem Oberkörper zeugten von der Leidenschaft der vergangenen Stunden. Das kleine Biest musste ihn eingeritten haben wie einen Jährling. Arnfried ließ die Hand über ihr weiches Haar und anschließend über die geschmeidige Haut gleiten. Das Mädchen regte sich und seufzte. Wachte aber nicht auf.

Für einen kurzen Moment war er versucht, sich auf sie zu legen und es ihr nochmals zu besorgen. Die überlaufende Blase und der quälende Durst hielten ihn jedoch von seinem Vorhaben ab. Behutsam, mit jeder Bewegung darauf bedacht, sie nicht zu wecken, befreite er sich aus der Umarmung. Kaum vernehmlich suchte er seine Kleidung zusammen. Hastig zog er sich an und verließ die Kammer, ohne sich umzudrehen. Über den Abort begab er sich in die große Halle. Dort nahm er zusammen mit den dienstfreien Soldaten des Grafen ein karges Frühstück, bestehend aus Grütze und schalem Bier, zu sich.

Sein Schädel fühlte sich an, als habe er zwischen Hammer und Amboss gelegen. Das flaue Gefühl im Magen war mit dem Frühstück nicht verschwunden. Im Gegenteil. Zwischen Lichthof und Tor überlegte Arnfried mehrfach, sich zu übergeben. Hielt sich dann aber zurück. Stattdessen schnappte er sich einen Eimer, den ein unachtsamer Knecht vor dem Weg zum Stall hatte stehen lassen und goss sich den Inhalt über den Kopf. Die Dusche war erfrischend und vertrieb die letzten Schwaden aus seinem Geist.

Er verließ die Burg und steuerte den Festplatz an. Wenn dieser kleine Bastard sich wieder abgeseilt hatte, würde er ihm die Nase brechen. Mindestens. Sein Preisgeld trug er in einem Beutel um den Hals. Rüstung und Pferd waren in der Obhut des Jungen geblieben. Arnfried erreichte den Lagerplatz und stockte. Vom Jungen war weit und breit nichts zu sehen.

»Du verfluchter Hurensohn«, knurrte er und betrat das Zelt. Er musste blinzeln, damit sich das Auge an die plötzliche Dunkelheit gewöhnen konnte. Die Rüstung war an ihrem Platz. So wie der Helm und der wappenlose Schild. Die Kiste, die ihm mit dem Zelt zur Verfügung gestellt worden war, war durchwühlt. Er fluchte tonlos und trat in den abgetrennten Teil. Dort wo sich die Schlafstatt befand. Das Stroh der Matratze bedeckte den Boden. Laken waren zerwühlt und lagen auf dem Boden verteilt.

»Was zum ...?« Ein Schatten löste sich aus dem Halbdunkel. Eine Klinge zischte heran. Verfehlte ihn um Haaresbreite. Arnfried versuchte, das Handgelenk des Fremden zu packen, griff allerdings ins Leere. Die Schneide zuckte vor und schnitt ihm in den rechten Unterarm. Ein brennender Schmerz flammte auf. Er wandte sich dem Angreifer zu. Eine Gestalt in einem schwarzen Habit. Ähnlich dem der Benediktiner. In der Linken einen Dolch. Das Gesicht des Mönchs lag im Schatten der weiten Kapuze verborgen. Arnfried wollte nach dem Schwert greifen, als er erneut angegriffen wurde.

»Stirb.« Die Stimme klang tief und heiser. Arnfried sprang einen Satz zurück und wich der Klinge aus, die ihm den Wanst aufgeschlitzt hätte. Abermals griff er nach dem Waffenarm. Dieses Mal bekam er ihn zu fassen und überdrehte das Gelenk. Der Mann stieß einen schmerzerfüllten Schrei aus und ließ den Dolch fallen.

Rasend vor Wut schoss Arnfrieds linke Hand vor. Packte den Wehrlosen bei der Gurgel und drückte kraftvoll zu. Ein ersticktes Röcheln ertönte. Der Angreifer hämmerte mit beiden Fäusten blindlings auf ihn ein. Arnfried verstärkte den Griff. Die Schläge wurden schwächer. Er würde das letzte bisschen Leben aus diesem Bastard herausquetschen.

Plötzlich hob der bereits Totgeglaubte das Knie und rammte es gezielt zwischen Arnfrieds Beine. Pochender Schmerz und Übelkeit stiegen in ihm empor. Sterne tanzten ihm vor den Augen. Die Beine knickten ein und er kippte zu Boden. Die schwarze Gestalt holte tief Luft, ehe er fluchtartig aus dem Zelt strauchelte.

Arnfried stöhnte und verzog schmerzvoll das Gesicht. Er schnappte nach Luft. Magensäure stieg empor. Dieses Mal konnte er den Impuls nicht niederringen und erbrach sich lautstark. Mit zitternden Beinen rappelte er sich auf die Füße. Unter Schmerzen stolperte er aus dem Zelt. Blickte sich nach allen Seiten um. Nichts.

Bis auf die morgendliche Betriebsamkeit war alles wie immer. Der Bauernjunge, den er für die Bewachung des Zeltes bezahlt hatte, kam mit einem leeren Holzeimer dahergelaufen. Ausgelassen schwenkte er ihn hin und her. »Guten Morgen, Herr. Ich komme von Eurem …«

»Halts Maul«, presste Arnfried hervor. »Ist dir ein Mönch begegnet?«

»Ein Mönch, Herr?« Der Junge sah ihn verwundert an. »Sprech’ ich Latein?«. Eine Welle von Schmerz durchfuhr ihn. Der Knabe schüttelte den Kopf.

»Ich habe keinen Bruder gesehen, Herr. Nur eine Magd, die aus einem der Zelte geschlüpft ist.« Der Junge zwinkerte ihm spitzbübisch zu. Arnfried fluchte. Es hatte keinen Sinn, nach dem Angreifer zu suchen. Er war mit Sicherheit über alle Berge.

»Wo warst du?«, herrschte er stattdessen den Jungen an.

»Bei eurem Pferd, Herr. Ich habe es gefüttert. Stimmt etwas nicht?«

»Mein Zelt ist durchwühlt worden und ein Mönch hat versucht, mich zu töten. Hat aber nur meine Eier erwischt.« Der Junge schaute ihn an, als habe er ihm eröffnet, dass der Papst die Messe künftig kopfüber hielte. »Ist was gestohlen worden?«

»Nein. Was dein Glück ist.«

»Vielleicht hatte er keine Zeit mehr gehabt?«

»Oder er wollte nichts stehlen.«

Ein unschöner Gedanke befiel ihn. Was, wenn der Angriff mit Hugo von Steinbachs plötzlichem Erscheinen in Zusammenhang stand? Möglich wäre es. Ein rachsüchtiger Turniergegner hätte Waffenknechte geschickt, um die Rechnung zu begleichen.

Keinen Mönch.

»Sattel mein Pferd. Ich breche sofort auf.«

Kloster St. Ulrich im Schwarzwald

Die Abtei St. Ulrich lag in einer Talsohle. Die Mauer, mit der das Kloster umgeben war, schmiegte sich an die Ausläufer bewaldeter Hügel. Ein breiter Fluss wand sich bogenförmig durch die urbar gemachte Natur. Die Brüder, wusste Ortwin, lebten vom Ackerbau und Fischfang. Berühmt, auch über die Grenzen der Grafschaft hinaus, aber war die Bibliothek von St. Ulrich. Illustration und die Herstellung und das Kopieren von Büchern spülte das meiste Geld in die Kasse.

Es war ein sommerlicher Tag. Die Bauern auf den Feldern waren damit beschäftigt, Heu auf Wagen zu verladen. Ortwin ritt voraus.

Falk und Hartmann folgten ihm dichtauf. Als sie das Tor erreichten, glitt Falk aus dem Sattel. Er zog einen Dolch und klopfte mehrfach mit dem Knauf gegen das Eichenholz. Dumpfe Schläge drangen ins Innere. Es dauerte nicht lange, bis sich die eingelassene Luke öffnete. Das glatt rasierte Gesicht des Pförtners füllte die schmale Öffnung in Gänze aus. Eine Narbe spaltete das Kinn in zwei Hälften. Kritische Blicke musterten sie. »Der Herr sei mit Euch. Nennt Euer Begehr.«

»Ortwin von Hohenfels wünscht auf Geheiß seiner Exzellenz Heinrich von Klingenberg, Bischof von Konstanz, den Prior zu sprechen.« Falk trat einen Schritt zur Seite, um den Blick auf Ortwin freizugeben.

Dieser fing den Blick des Pförtners auf und erwiderte ihn kühl. Wortlos schloss der Bruder die Luke. Wenig später erklang das Scharren von Holz. Der schwere Riegel wurde beiseitegeschoben und das Tor geöffnet.

Sie ritten durch den geöffneten Torflügel in den Innenhof des Klosters. Sie befanden sich in einer weitläufigen Anlage, die von Wohn- und Wirtschaftsgebäuden gesäumt war. Neben der imposanten Kirche stach Ortwin ein weiteres Gebäude ins Auge. Ein hohes Steinhaus mit einer steilen, überdachten Holztreppe. Es war eingerüstet und Handwerker gingen dort emsig ihrer Arbeit nach. Er saß ab und reichte die Zügel des Zelters einem heraneilenden Novizen. Ein schlaksiger Bruder mittleren Alters trat an ihn heran und verneigte sich respektvoll.

»Darf ich fragen, in welcher Eigenschaft Ihr den Prior zu sprechen wünscht, Pater?«

»Das ist eine Sache zwischen mir und dem Prior. Sei so gut und führe mich zu ihm.«

»Gewiss, Pater.« Der Bruder überspielte die Enttäuschung mit einer weiteren Verbeugung. Sie schritten über den Hof. Vorbei an einer Schmiede, der Kirche und dem Gästehaus. Falk und Hartmann folgten ihnen in respektvollem Abstand.

»Ist das dort das Skriptorium?« Ortwin wies auf das eingerüstete Gebäude.

»Ja, Pater. Vergangenen Monat ist der Blitz eingefahren. Teile der Mauer müssen ersetzt werden.«

»Ist es noch zugänglich?«

»Ja, Pater.«

Durch eine Pforte gelangten sie über einen Durchgang in den Kreuzgang.

»Prior Martin befindet sich um diese Zeit im Kapitelsaal«, klärte der Pförtner Ortwin auf. Er trat auf eine verschlossene Tür zu, die er behutsam öffnete.

Sie traten in einen von Säulen gestützten Raum mit bogenförmiger Decke. In dessen Mitte stand ein langer dunkler Tisch mit passenden Stühlen. An der Kopfseite saß ein dunkelhaariger Mann, der über ein dickes Buch gebeugt war. Er trug, wie alle Brüder, einen schwarzen Habit und schien in Gedanken. Erst durch ein Räuspern des Pförtners hob er den Kopf.

»Ortwin von Hohenfels, Gesandter seiner Exzellenz des Bischofs von Konstanz, Herr.«

»Danke, Bruder Andreas. Du darfst gehen.« Der Prior stand auf und ging auf Ortwin zu. Ein aufrechter, selbstgewisser Gang. Die braunen Augen schienen ihn zu mustern. Die Miene des Priors war ausdruckslos.

»Dominus vobiscum.«

»Et cum spiritu tuo«, erwiderte Ortwin den Gruß.

»Ich habe mit Eurem Erscheinen gerechnet, Pater.« Der Prior wies auf den Platz zu seiner Rechten.

»Ich wünschte, die Umstände für mein Erscheinen wären andere.«

»Ja, der Herr prüft uns schwer mit den jüngsten Ereignissen. Ihr könnt Euch nicht vorstellen, welche Auswirkungen diese Tat auf dieses Haus und das Leben der Brüder hat.«

»Ich kann es mir denken. Aus diesem Grund hat mich Bischof Heinrich entsandt. Um die genauen Umstände dieses tragischen Vorfalls zu untersuchen.«

Der Prior hob die Brauen und schaute ihn überrascht an. »Bei allem Respekt für den Wunsch seiner Exzellenz, aber ich wüsste nicht, was es da zu untersuchen gibt? Der Abt hat in einem Schreiben die schändliche Tat gestanden.«

»Der Sohn eines Grafen ist in der Obhut der Kirche ermordet worden. Da sollten wir genauer hinschauen. Meint Ihr nicht, Bruder?«

Der Prior blickte Ortwin für mehrere Herzschläge lang an. Er hielt dem Blick stand. Schließlich nickte der Geistliche. »Ihr habt natürlich Recht, Pater. Ich werde Euch das Schreiben holen lassen. Dann könnt Ihr euch überzeugen.«

Ortwin nickte dankbar.

»Ich würde gerne einen Blick auf die Kleidung werfen, die der Abt zum Zeitpunkt des Todes getragen hat.« Prior Martin blinzelte mehrmals.

»Seine Kleidung?«

»Wenn es keine Mühe macht.«

»Es ist Eure Untersuchung, Pater.«

Der Prior rief einen Novizen herbei. Dieser brachte kurze Zeit später ein Bündel und ein Stück Pergament. Das Blatt war halbseitig beschriebenen. Ortwin las die Zeilen. Sie waren in Latein verfasst. Die Handschrift wirkte geübt und flüssig. Er runzelte die Brauen, während er über die unerfüllte Liebe zu dem Novizen las. Die sündigen Gedanken, die widernatürliche Fleischeslust und zu guter Letzt, das abscheuliche Verbrechen. Die anschließende Scham.

Kein Zweifel. Er hielt das Geständnis einer gequälten Seele in den Händen. Kein Gericht, weder kirchlich noch weltlich, würde zu einem anderen Schluss kommen, als den, den das Schreiben zuließ. Ortwin bekreuzigte sich und legte das Schriftstück auf den Tisch.

»Ist das die Handschrift des Abtes?«

»Ohne jeden Zweifel.«

»Seid Ihr Euch dessen sicher?« Die Haltung des Priors versteifte sich kaum merklich.

»Ich war sein Stellvertreter.«

Ortwin nickte. Er richtete das Augenmerk auf das Bündel. Ein schwarzer Habit, ein Paar Lederschuhe und ein goldenes Kreuz an einer gleichartigen Kette. Ungeniert breitete Ortwin das Gewand auf dem Tisch aus. Er kniff die Augen zusammen und nahm jeden Zoll in Augenschein. Der Brustbereich war von dunklen Flecken übersät, die sich auf den linken Ärmel ausdehnten. Trotz des schwarzen Stoffes konnte er deutliche Rückstände von Blut erkennen. Er wendete sich dem Kreuz zu und stutzte. Es war unbefleckt.

»Wurde das Kreuz mit der Kette nach dem Vorfall gereinigt?«

Der Prior betrachtete es aufmerksam. »Ich weiß es nicht. Ist es wichtig?«

»Das Gewand ist in Blut getränkt. Das Kreuz nicht.«

»Er könnte es vor der grässlichen Tat abgenommen haben?«

Ortwin nickte. Die Erklärung ergab Sinn. »Gut möglich.« Er beäugte die Schuhe. Schlichte, ins Alter gekommene Bundschuhe aus Leder. Er drehte den rechten Schuh behutsam in den Händen. Keine Blutspritzer. Weder auf der Oberseite noch auf der Sohle. »Wo wurde der Junge gefunden?«

»Im Bett des Abtes.«

»Das erklärt das fehlende Blut«, sprach Ortwin zu sich selbst. Er wollte den Schuh beiseitelegen, als ihm etwas auffiel. Er runzelte die Stirn und hob ihn näher an die Augen. Im Bereich der Ferse konnte er frischen Abrieb erkennen. Die verschmutzte Unterseite war mancherorts verschwunden. An ihre Stelle waren helle Striemen getreten. Sonderbar. Er griff nach dem linken Schuh. Helle Striemen und abgewetzte Sohle. Und?

»Stimmt was nicht?«, hörte Ortwin die Stimme des Priors. Ohne zu antworten, konzentrierte er seinen Blick auf die Striemen. Er hatte sich nicht getäuscht. Behutsam griff er nach dem Splitter und betrachtete ihn.

»Was habt Ihr dort?« Der Prior trat an ihn heran.

»Holz.«

»Das ist nichts Ungewöhnliches. Der Boden im Abthaus ist mit Dielen ausgelegt.« Ortwin nickte verstehend und legte den Schuh auf den Tisch zurück. »Ich möchte mir den Ort des Geschehens gerne anschauen.«

»Meint Ihr nicht, dass Ihr Eure Zeit verschwendet? Das Schreiben ist eindeutig.«

»Ja. Es ist eindeutig.«

»Wozu also der Aufwand?«

»Ich will sichergehen, dass die Spuren den Inhalt vollumfänglich bestätigen.«

***

3.

Grafschaft Markfurt

Die Kapelle stand auf einer Lichtung von geringem Umfang und war nicht mehr als eine Ruine. Teile des Dachs waren eingestürzt. Efeu zog sich an den steinernen Wänden empor. Bis hinauf zu dem kurzen, eingefallenen Turm. Binnen weniger Jahre schätzte Arnfried, wären die Reste des Gotteshauses vollständig unter den Ranken verschwunden.

Er zügelte das Schlachtross. Den alten Zelter hatte er vor seiner Abreise an einen Bauern verkauft. Die wenigen Habseligkeiten, die er besaß, befanden sich in den Satteltaschen seines stattlichen Reittiers. Er lehnte sich im Sattel vor und lauschte in die Stille des Waldes hinein. Ein Specht klopfte irgendwo an den Bäumen. Zwei Vögel zwitscherten aufgeregt auf einem Baum zu seiner Linken.

Kurz nach dem Aufbruch war er drei Bauern begegnet. Sie hatten ihm in aller Ausführlichkeit den Weg zu diesem Ort beschrieben. Er war durch einen Mischwald geritten, von dem nach mehreren Meilen ein ausgetretener Pfad tiefer ins Innere abzweigte. Arnfried hatte den verwitterten Stein erst auf den zweiten Blick gefunden. Moos und Flechten hatten den Stein ganz und gar in Besitz genommen. Ohne die Anweisungen der Bauern wäre er achtlos daran vorbeigeritten. Er sah sich um. Nichts.

»Hugo von Steinbach«, rief er über die Lichtung. Das Echo seiner Stimme prallte von den Bäumen ab und kehrte abgeschwächt zu ihm zurück. Arnfried zog die Brauen zusammen. Langsam zog er das Schwert. Das schnarrende Geräusch schnitt durch die Harmonie der Lichtung. Er drückte die Schenkel an den Leib des Pferdes und lenkte es um die Überreste der Kapelle herum. Der Hengst schnaubte und legte die Ohren an.

An der Rückseite der Kapelle lag etwas im Gras. Hugos Pferd, wie Arnfried mit zugeschnürter Kehle erkannte. Sein eigenes Tier tänzelte nervös. Trat von einem Huf auf den anderen. Gewandt schwang er sich aus dem Sattel. Die Ringe der Kettenrüstung klirrten kaum hörbar, als die Stiefel den Boden berührten.

Er nahm die nähere Umgebung in Augenschein. Konnte keine Gefahr erkennen. Dann trat er an das tote Tier heran. Der süßliche Gestank hatte sich in der unmittelbaren Umgebung ausgebreitet. Ein Heer von Fliegen umschwirrte den Kadaver. Summend stoben sie auseinander, als er sich näherte. Von dort wo er stand, konnte er deutliche Bissspuren erkennen. Teile des Leibes waren herausgerissen. Doch daran war das Tier nicht gestorben. Jemand hatte ihm die Kehle durchgeschnitten. Die Halme in unmittelbarer Nähe des toten Pferdes waren mit getrocknetem Blut besudelt.

Eine düstere Vorahnung stieg in ihm auf. Er umrundete den Kadaver und betrachtete den Boden. Das knöchelhohe Gras war an einer Stelle eingedrückt. Arnfried folgte der Spur zum Rand des Waldes. Den Blick auf das Unterholz gerichtet. Das Schwert schlagbereit erhoben. Mit zusammengezogenem Magen und klopfendem Herzen schaute er sich um. Die Spur endete plötzlich. Hugo jedoch blieb unauffindbar. War er dem Angreifer entkommen? Hatte er sich, schwer verletzt, in den Wald gerettet? Arnfried ging einige Schritte in das Unterholz hinein. Schaute dabei fortwährend zu Boden. Kein Blut. Wenn Hugo entkommen war, dann war er unverletzt gewesen.

Er wollte zu seinem Pferd zurückkehren, als er aus den Augenwinkeln eine Bewegung wahrnahm. Er fuhr um die eigene Achse herum und hob das Schwert. Eine Krähe hatte sich vom Fuße eines Baumes erhoben und flog krächzend davon. Arnfried wartete wenige Lidschläge, bis sich das Ziehen in seinem Bauch entspannte. Dann ging er auf den Baum zu. Langsam. Wissend, dass auf ihn eine grausige Entdeckung wartete.

Hugo von Steinbach saß an den Baumstamm gelehnt. Die Füße ausgestreckt. Das Kinn auf der Brust. Es machte den Anschein, als würde er schlafen. Wäre da nicht der blutdurchtränkte weiße Wappenrock gewesen. Arnfried schluckte hart und bekreuzigte sich. Er trat an den Leichnam des Templers und erschauderte.

Hugos Schwert lag neben ihm in der Wiese. Die Augen fehlten. *Krähen*, dachte er im ersten Moment. Bei genauerer Betrachtung erkannte er den Irrtum. Kein Tier hatte Hugo die Augen ausgepickt. Sie waren ihm herausgeschnitten worden. Arnfried erschauderte. Wollte sich abwenden und davonlaufen. Doch er zwang sich zu bleiben. Widerwillig schaute er die Leiche an. In der Rechten hielt der Tote ein Speisemesser. Er kniete sich neben Hugo und begutachtete die tödliche Verletzung. Man hatte ihm die Kehle geöffnet. Mit einem schnellen, sauberen Schnitt. Die Klinge war unterhalb des rechten Ohres angesetzt worden. *Ein Linkshänder.* Der Mönch, der ihn im Zelt angegriffen hatte, hatte den Dolch ebenfalls in der Linken geführt. Wie konnte das sein? Ein Betbruder, der zwei erfahrene Soldaten angriff und einen davon tötete. Eine kalte Hand schien nach seinem Herz zu greifen. Konnte das mit rechten Dingen zugehen?

Sein Blick wanderte weiter. Vom Hals zur Brust. In Höhe des Herzens war der Stoff eingerissen. Da das Blut aus der Halswunde den gesamten oberen Bereich der Brust bedeckte, war der Einstich nicht gleich zu erkennen gewesen. Hugos Mörder wollte offenbar sichergehen, dass er wahrhaftig tot war. Sonst wies der Leichnam keine weiteren Verletzungen auf.

Er öffnete Hugos Börse, die an seinem Gürtel hing. Prall gefüllt.

Wegen seines Besitzes war er nicht gestorben. Weshalb hatte der Templer das Messer in der Hand? Die Klinge war dafür geeignet, um Essensstücke zu zerteilen. Keinen Angriff abzuwehren. Er schaute zurück zur Kapelle. Hugo war von seinem Angreifer davongelaufen. Bis hierher. Hatte sein Messer gezogen – und? Er schaute sich um und dann erkannte er, was Hugo in den letzten Momenten seines Lebens getan hatte. Ihm zog sich der Magen zusammen.

In der Rinde des Baumes war ein Bild eingeritzt worden. Ein auf dem Kopf stehendes Dreieck von dem zwei geschwungene Linien abgingen. Die Zeichnung war fahrig und mit zitternder Hand durchgeführt worden. Es gab keinen Zweifel, was sie darstellen sollte. Einen gehörnten Kopf. Die Ähnlichkeit mit einem Ziegenschädel war unverkennbar. Arnfried bekreuzigte sich. Das, was er dort sah, war die Fratze des Teufels.

Kloster St. Ulrich im Schwarzwald

Ortwin blickte auf den trüben Fleck. Die Laken waren abgezogen worden. Doch an der Wand und auf dem Boden vor dem Bett waren die grausigen Spuren jener schicksalhaften Nacht deutlich zu erkennen. Die Rückstände der Spritzer sprenkelten die weiß getünchte Wand am Kopfende. Die größte Konzentration befand sich auf der linken Seite und fächerte in einem weitläufigen Bogen zur Rechten.

Gottfried von Eberlingen war im Sitzen getötet worden. Mit Blickrichtung zur Tür. Blutend und röchelnd musste er zur Seite gekippt sein. Wie der getrocknete Blutsee auf der Matratze bewies. Ein einziger, kraftvoller Schnitt hatte die Hautschichten und Adern durchtrennt. Ortwin trat von der getrockneten Lache weg und schaute zu der geöffneten Zimmertür.

»Ihr seid Euch sicher, dass Ihr hier kein Messer gefunden habt, Bruder Stephan?«

Der Infirmarius schüttelte das blonde Haupt.

»Nein, Pater. Als mich die Brüder riefen, fand ich den Jungen tot im Bett und den Abt hängend in seinem Arbeitszimmer.«

»Wer hat die Toten entdeckt?«

»Prior Martin. Er war zuerst hier und ist als Letzter gegangen.«

Ortwin verharrte in sich gekehrt und versuchte die Aussage mit den Spuren gedanklich in Einklang zu bringen.

»Habt Ihr die Toten untersucht?«

»Nein, Pater.«

»Wieso nicht?«

»Der Prior hielt es nicht für notwendig.«

»Verstehe.« Er schaute wieder zum Bett und anschließend zur Tür. Dabei folgte er einer scheinbar unsichtbaren Linie auf dem Boden.

»Abt Heinrich hatte oder wollte Unzucht mit dem Novizen. Gesteht ihm womöglich seine Liebe. Gottfried weist den Abt ab. Der greift zu einem Messer und tötet ihn. Anschließend wird er von der Tat in den Tod getrieben.« Er schaute den Infirmarius an. Dieser nickte.

»So hat es der Prior erzählt.«

»Ich frage mich, was aus dem Messer geworden ist?«

»Dem Messer, Pater?«

»Mit dem er den Mord begangen hat. Es lag nicht im Schlafzimmer, wie Ihr sagtet.«

Bruder Stephan legte die Stirn in Falten und zog die Brauen zusammen. »Vielleicht hat er es mitgenommen?«

»Um sich dann zu erhängen? So ein Kehlenschnitt ist sehr hässlich. Die Klinge war mit Sicherheit in Blut getränkt. Der Boden aber ist sauber.« Er wies auf die betreffende Stelle. Der Infirmarius folgte der Geste und nickte.

»Dann hat er es versteckt?«

»Wozu? Er wusste, dass er sterben würde. Die Tat hat er gestanden.«

»Ihr meint?«

»Jemand hat das Messer mitgenommen.«

»Wer sollte so etwas tun?«

»Das ist die entscheidende Frage, Bruder.«

Ortwin verließ das Schlafzimmer. Über einen kurzen Flur ging er in das Arbeitszimmer. Der Raum war lichtdurchflutet. Durch drei hohe Fenster strömte warmes Sonnenlicht herein. Staub tanzte in den Strahlen, die den Boden erhellten. In den Regalen, an der Stirnseite des Zimmers, lagen zusammengerollte Schriften und in Leder eingeschlagene Bücher. Ein goldenes, mit Edelsteinen besetztes Kreuz stand auf einem Tisch. Daneben lagen angefangene Briefe und Schreibzeug.

Ortwin blieb in der Mitte des Raumes stehen und blickte nach oben. Ein massiver Balken erstreckte sich der Länge nach durch den Raum. Die Überreste des Seils waren dort noch befestigt. Der Stuhl, den der Abt benutzt hatte, um an den Balken zu gelangen, lag in unmittelbarer Nähe. Er kniete sich ins Stroh und schaute zwischen die Binsen.

»Habt Ihr was gefunden, Pater?«

Ortwin griff ins Stroh und hielt etwas gegen das Sonnenlicht.

»Mäusekot?«, mutmaßte der Infirmarius.

Ortwin schüttelte den Kopf.

»Lederkrümel. Der Boden hier ist bedeckt davon.« Er warf das Leder achtlos zu Boden und schaute auf den übrigen Dielen nach. Ohne Ergebnis. Er stand auf und ging zum Schreibtisch. Die Korrespondenz brachte keine neuen Erkenntnisse. Er schaute zu der Stelle, wo er die Krümel gefunden hatte. Sie befanden sich unterhalb und in Nähe der Stelle, wo der Abt sich das Leben genommen hatte. Ortwin legte die Stirn in Falten und presste die Lippen zusammen.

»Gab es in letzter Zeit Streit unter den Brüdern? Musste der Abt einen Bruder züchtigen? Den Zehnt gewaltsam eintreiben?«

Der Infirmarius hob erstaunt die Brauen. »Nicht dass ich wüsste, Pater. Wieso fragt Ihr?«

»Weil ich nicht glaube, dass Abt Heinrich sich umgebracht hat. Er wurde ermordet.«

Arnfried stand vor der aufgeschütteten Erde und betrachtete sein Werk. Gleichgültig warf er die Schaufel zu Boden. Ein Bauer aus einem nahen Weiler hatte sie ihm bereitwillig überlassen. Auch ein Leinentuch für Hugos Leichnam hatte er ihm verkauft. Er sah auf das Kreuz. Es waren zwei dicke Äste notdürftig mit einer Lederschnur zusammengebunden. Vermutlich würde es den nächsten Sturm nicht überstehen.

Arnfried war es gleich. Er war seiner christlichen Pflicht nachgekommen. Wieso war er noch hier? Er suchte nach der passenden Antwort und fand keine. Er wusste nicht, was er fühlen sollte. Trauer, Zorn und ein Gefühl der Hilflosigkeit rangen in ihm um die Vorherrschaft. Er gab sich die Schuld an Hugos grauenvollem Ende und redete sich ein, sein Mentor könne noch leben, wenn er ihn begleitet hätte. Gleichzeitig wusste er, dass er keine Schuld an dem Mord trug.

Gott hatte es gefallen, Hugo von Steinbach zu sich zu rufen. Weshalb es auf solch grausame Weise geschehen war, blieb sein Geheimnis. Noch vor wenigen Stunden war er kurz davor gewesen, den Templer eigenhändig zu erschlagen. Jetzt war er tot. Ermordet. Von einem Mönch? Der Gedanke ergab keinen Sinn. Während seiner Zeit im Heiligen Land hatte er viele wundersame und eigentümliche Dinge gesehen. Mordende Betbrüder gehörten nicht dazu. Die Vorstellung wäre lächerlich zu nennen, wäre er nicht selbst der Klinge eines Habit tragenden Meuchelmörders um Haaresbreite entkommen. Konnte es sein, dass ein Haschaschin hinter dem Angriff steckte?

Eine derartige Heimtücke, im Gewand eines Mönches zu morden, wäre ihnen zuzutrauen. Weshalb sollten sie Hugo nach so langer Zeit aus dem Heiligen Land folgen? Arnfried holte hörbar Luft und stocherte mit der Stiefelspitze in der schwarzen Erde herum.

»Alles war in bester Ordnung, bevor du aufgekreuzt bist.« Er schaute in den wolkenverhangenen Himmel hinauf und kniff das Auge zu. Er wusste, weshalb er am Grab seines alten Kampfgefährten stand. Ihm nicht den Rücken kehren konnte. Wie einst dem Orden.

»Glaubst du ernsthaft, dass es was ändert? Das ich mein Schwert erneut in deinen Dienst stelle? Glaubst du das?« Er schrie die letzten Worte zu Gott empor und lauschte. Nichts. Gott hatte sich die vergangenen Jahre in Schweigen gehüllt. Er würde es weiterhin tun.

Von ihm brauchte er keinen Rat erwarten.

Arnfried wollte sich erheben, auf sein Pferd steigen und der Kapelle den Rücken kehren. Doch die Beine gehorchten ihm nicht. Er blickte auf das Kreuz. Sein Herzschlag beschleunigte sich.

Du kannst vor Gott nicht davonlaufen, hatte Hugo ihm gesagt, *dein Wesen nicht abstreifen, wie einen Mantel.* Er ballte die Hand zur Faust. Hugo mochte ihn einst im Stich gelassen haben. Arnfried wusste, dass er es nicht fertigbrächte. Dem Orden den Rücken zu kehren war eine Sache. Den Tod seines ehemaligen Mentors und Kampfgefährten ungesühnt zu lassen eine andere. Ehe er den Gedanken zu Ende bringen konnte, wusste er, dass Hugo gewonnen hatte.

»Gottverfluchter Bastard«, brummte er. Den Dienst, den er ihm im Leben verweigerte, würde er ihm im Tod erweisen. Arnfried blickte abermals in den Himmel.

»Ich hoffe, dass du mir jetzt gut zuhörst. Ich werde den Mörder finden und richten. Dafür begräbst du die Vergangenheit und lässt mich frei.« Er lauschte in die Stille hinein. Wenn Gott ihn gehört hatte, dann behielt er es für sich. Er bekreuzigte sich. Dann erhob er sich und saß auf. Er ritt an dem Grab vorbei. Gott, kam es ihm in den Sinn, war offenbar noch nicht fertig mit ihm.

»Ich glaube, dass Abt Heinrich ermordet wurde.«

»Ermordet?« Der Prior zog die Brauen zusammen und schüttelte den Kopf. »Wie kommt Ihr darauf?«

»Mein Gefühl sagt mir …«

»Bei allem Respekt, Pater Ortwin, aber meint Ihr nicht auch, dass Ihr Euch in dieser Sache an die Fakten halten solltet?« Prior Martins Tonfall klang belehrend. Als würde er mit einem begriffsstutzigen Novizen sprechen. Ortwin ließ sich den Ärger darüber nicht anmerken, sondern nutzte die kurze Pause, um seine Gedanken neu zu ordnen. »Was ich eigentlich sagen wollte, ist, dass es Ungereimtheiten gibt, die einer weiteren Aufklärung bedürfen.«

»Ungereimtheiten?« Der Prior zog die linke Braue empor.

»Nehmen wir zum Beispiel das Messer.«

»Was ist damit?«

»Habt Ihr es an Euch genommen?«

Die Augen des Priors weiteten sich. »Wie käme ich dazu?«

»Es ist verschwunden. Ich habe überall danach gesucht. Ohne Erfolg.«

»Er könnte es versteckt haben?«

»Wozu? Er hat die Tat gestanden.« Ortwin deutete auf das Stück Pergament, das auf dem Tisch neben ihm lag.

»Das allein ist kein Beweis. Jeder könnte das Messer an sich genommen haben.«

»Das halte ich für unwahrscheinlich. Aber gut. Kommen wir zu den Schuhen. An den Versen finden sich an der Sohle frische Spuren von Abnutzung.«

»Das tun meine Schuhe sicherlich auch.« Prior Martin stieß einen genervten Seufzer aus, dem Ortwin mit einem zustimmenden Nicken begegnete.

»Überreste der Sohle befinden sich hier auf den Dielen«, er zeigte auf die entsprechenden Stellen, »dort, wo er sich angeblich selbst erhängt hat.«

»Was wollt Ihr damit sagen?«

»Das Abt Heinrich verzweifelt um sein Leben gekämpft hat. Mit Händen und Füßen. Die Sohlen seiner Schuhe sind dabei in Todesangst mehrfach über die spröden Dielen gerutscht. Dabei haben sie diese Lederkrümel zurückgelassen.« Ortwin bückte sich und hob einen auf. Der Prior musterte das Stückchen Leder misstrauisch.

»Versteht Ihr nun, weshalb ich nicht an einen Selbstmord glauben kann?«

»Ich verstehe, dass ein Verbrechen Eurem Bischof gelegener kommt, als ein Selbstmord.«

Ortwin hob erstaunt die Brauen.

»Ihr glaubt, dass ich etwas vertuschen möchte?«

»Ich glaube gar nichts. Ich habe lediglich laut gedacht.«

»Denkt meinethalben, was Ihr wollt. Ich werde meine Untersuchungen fortsetzten.«

»Ihr verschwendet Eure Zeit.«

»Lasst das meine Sorge sein, Prior. Woran hat der Abt zuletzt gearbeitet?«

»Das müsst Ihr Bruder Richard fragen.«

»Wer ist das?«

»Unser Archivar.«

»Wärt Ihr so gut und würdet ihn zu mir schicken?«

»Ich werde Bruder Andreas darum bitten. Nun entschuldigt mich, Pater. Ich habe zu tun.« Prior Martin deutete eine Verbeugung an und wollte sich entfernten.

»Gestattet mir noch eine letzte Frage.«

Prior Martin hielt in seinem Schritt inne und warf Ortwin über die Schulter hinweg einen entnervten Blick zu.

»Ja, Pater?«

»Sicherlich könnt Ihr mir sagen, ob Abt Heinrich irgendwelche Reisen geplant hatte.«

Der Prior holte hörbar Luft.

»Soweit ich weiß, wollte er nach Weihbach.«

»Gibt es dort klösterliche Güter?«

»Nein. Weihbach gehört dem Grafen von Eberlingen.«

»Was wollte er dann dort?«

»Das entzieht sich meiner Kenntnis.«

»Für wann war die Reise angesetzt?«

»Heute, Pater. Habt Ihr weitere Fragen?«

»Vorerst nicht. Danke, Prior.«

Ohne ihn eines weiteren Blickes zu würdigen, entfernte sich der Geistliche. Ortwin blickte ihm nachdenklich hinterher.

»Das sind alle Bücher, die Abt Heinrich kurz vor seinem Tod gelesen hat?« Ortwin schaute den älteren Mönch, dessen Tonsur zu einem grauen Haarkranz zerfallen war, fragend an. Der Bruder Archivar nickte.

»Ja, Pater. Das ist alles.«

Vor ihm auf dem Tisch lagen drei Bücher. Zwei waren in braunes Leder eingeschlagen. Es war mit der Zeit spröde geworden und an manchen Stellen eingerissen. Das dritte Buch sah aus, als wäre es erst gestern gebunden worden. Der schwarze Einband wirkte unangetastet und frisch. Ortwin nahm eines der braunen Bücher in die Hand und überflog den Titel.

Die Geschichte der Grafen von Trossen.

»War der Abt mit diesem Haus verbunden?«

»Nein, Pater.«

»Hm.« Er legte das Buch zurück und schaute auf den Deckel des zweiten Buches. *Exorzismus.* Er hob die Brauen und ein kühler Windhauch schien über seinen Körper zu wehen. Ortwin blickte auf das schwarze Buch und stutzte. Kein Titel. Er griff danach und blätterte die ersten Seiten durch. Gleich zu Anfang fiel ihm ein Zettel in die Hand, der mit römischen Zahlen, ähnlich den Kapitelbezeichnungen in der Heiligen Schrift, versehen war. Sein Herzschlag beschleunigte sich.

»Dieses Buch enthält detaillierte Informationen zu schwarzer Magie und Dämonen.«

»Ja, es ist eins der ältesten Bücher unserer Bibliothek. Es ist mit vergleichbaren Werken eingeschlossen.«

»Wer hat Zugriff auf diese Bücher?«

»Der Abt hat einen Schlüssel und ich.«

»Wo ist der Schlüssel von Abt Heinrich jetzt?«

»Beim Prior.«

»Wisst Ihr, was der ehrwürdige Abt mit diesen Büchern wollte?«

Der Bruder Archivar zog die Brauen zusammen und bedachte ihn mit einem sonderbaren Blick. »Ich verwalte die Bücher, Pater, und sorge dafür, dass sie in die richtigen Hände kommen. Wenn der

Herr Abt Bücher anfordert, stelle ich keine Fragen.«

Ortwin nickte. Er hätte sich die Antwort denken können. Sein Blick fiel erneut auf die Bücher. Ohne jeden Zweifel gab es eine Verbindung zwischen ihnen.

»Hat der Abt mit dem Grafen von Trossen korrespondiert oder ihn empfangen?«

»Nein.«

»Wie könnt Ihr da so sicher sein, Bruder?«

»Der Graf ist tot. Seine Burg ist eine Ruine.«

Ortwin zog überrascht die Brauen hoch. Weshalb sollte sich Abt Heinrich mit der Geschichte eines toten Grafen beschäftigen?

»Hatte der Graf Nachkommen?«

»Soweit ich weiß nicht, Pater. Sie starben allesamt in dem großen Feuer.«

»Feuer?«

»In die Burg ist der Blitz gefahren.«

Ortwin nickte in sich gekehrt. Dann fiel ihm der Zettel aus dem schwarzen Buch ein. Er reichte ihn dem alten Mönch. »Könnt Ihr damit etwas anfangen?«

Der Archivar warf einen Blick auf das Stück Pergament und nickte. »Das sind Inhaltsangaben aus dem Buch.« Er nahm es und schlug es auf. Brauen und Lippen zogen sich zusammen. Sein Blick wurde ernst.

»Stimmt etwas nicht, Bruder?« Ortwin beugte sich vor, um einen Blick ins Buch zu werfen. Die Seite fehlte. Jemand hatte sie fein säuberlich herausgerissen.

***

46

4.

Grafschaft Eberlingen im Schwarzwald

Arnfried genoss die Kühle des Waldes. Die friedliche Ruhe, die er trotz des Gezwitschers der Vögel ausstrahlte. Die Reise war geruhsam verlaufen. Zeit genug, um nachzudenken. Hugos Auftauchen hatte ihn so unvermittelt getroffen wie ein Stich. Überraschend und quälend.

Als er dem Orden den Rücken kehrte, tat er dies in der Absicht, ihn mit der Vergangenheit im Heiligen Land zurückzulassen. Dieser Gedanke hatte sich rasch als Trugbild erwiesen. Ganz gleich, wohin er sich wandte, die Erinnerungen und Träume verfolgten ihn. Ohne Zweifel war das die Strafe Gottes für seinen Verrat.

Er hatte gelernt, mit der Schuld zu leben. Sie zu ertragen. Die Entscheidung war getroffen und sie war nicht mehr zu ändern. Gleichwohl sehnte er sich nach Frieden. Doch mit jedem Schritt, den er tat, entfernte er sich von diesem Ziel. Bis jetzt.

Ein Schrei zerriss den Einklang um ihn herum. Er zog das Schwert in einer fließenden Bewegung aus der Scheide und trabte an. Er verließ den Weg und ritt zwischen den Bäumen hindurch. Tiefer in den Wald. Er gelangte an eine überschaubare Lichtung, auf der eine gewaltige Eiche stand. Zu Füßen des breiten, knorrigen Stammes lag ein Mädchen von etwa siebzehn Sommern. Dunkelbraune Strähnen hatten sich aus der Flechtfrisur gelöst und hingen ihr ins Gesicht.

Das schlichte, ungefärbte Kleid war bis zu den Knien hochgeschoben. Ein Mann drückte sie lachend zu Boden, während ein Zweiter sich an seinen Hosen zu schaffen machte. Beide Männer waren mit Schwertern bewaffnet. Über den Kettenhemden trugen sie einen rot-weißen Wappenrock. Das Mädchen strampelte und versuchte sich aus dem Griff zu winden.

»Wehr dich ruhig, du Wildkatze. Dann macht es mir mehr Spaß.« Die Hosen des Mannes rutschten ihm auf die Knöchel herab und er kniete sich vor sie.

Arnfried galoppierte an und ritt auf die Männer zu. Er hob das Schwert. Als die Männer den Hufschlag hörten, drehten sie die Köpfe. Der Kerl, der das Mädchen zu Boden gedrückt hatte, ließ von ihr ab und griff nach dem Schwert. Bevor er es zur Gänze ziehen konnte, preschte Arnfried an ihm vorbei. Im letzten Moment drehte er die Klinge und schlug mit der flachen Seite zu.

Der Zweite war hastig aufgesprungen und lief zu den Pferden, die am Rande der Lichtung friedlich grasten. Bereits nach wenigen Schritten stolperte er über die herabhängenden Hosen und ging zu Boden. Arnfried zügelte sein Pferd und blickte sich um. Der erste Mann lag regungslos im Gras. Der Zweite zerrte fluchend an den Beinkleidern. Ohne Hast lenkte Arnfried das Schlachtross zu dem Hosenlosen und glitt aus dem Sattel.

»Tut mir nichts, Herr. Schont mein ...« Arnfrieds Faust beendete den Wortfluss. Der Mann verdrehte die Augen und kippte vornüber.

Er blickte zur Eiche und steckte das Schwert zurück in die Scheide. Das Mädchen war aufgestanden. In der Linken trug sie einen Weidenkorb. Ihre eisblauen Augen starrten ihn an. Sie war eine Schönheit. Er konnte verstehen, weshalb die Männer sie wollten. Er ging auf sie zu. Das Mädchen trat zurück.

»Bist du verletzt?« Er deutete auf die blutige Lippe und das Veilchen um ihr linkes Auge. Mit ihrem Rücken stieß sie gegen den Eichenstamm und schrie erschreckt auf.

»Du hast von mir nichts zu befürchten. Wem dienen diese Männer?« Er deutete auf die reglosen Gestalten am Boden.

»Dem Grafen von Eberlingen, Herr.« Ihre Stimme klang dünn und schüchtern.

»Was hast du hier gemacht?«

»Pilze gesammelt, Herr.«

»Lässt dein Mann dich immer allein in den Wald?«

»Ich habe keinen Mann, Herr. Ich führe den Haushalt von Pater Rudolf.«

»Weiß er, dass du hier bist?«

»Ja, Herr.« Sie nickte.

»Ich werde dich zurückbegleiten.«

Sie zögerte. Sah sich unschlüssig um.

»Wenn es meine Absicht wäre, dich zu schänden, lägest du mit dem Rücken im Gras. Wie heißt du?«

»Krystin, Herr.«

Der Mann ohne Hose stöhnte leise. Arnfried warf einen flüchtigen Blick in seine Richtung.

»Schätze, wir sollten uns auf den Weg machen. Sonst muss ich diesen Bastard am Ende doch noch erschlagen.« Er saß auf und ritt zur Eiche, wo er Krystin die Hand reichte.

»Ich kenne nicht einmal Euren Namen, Herr.«

»Arnfried von Ehrfeld«.

Krystin musterte ihn prüfend und wog augenfällig ab, ob sie ihm trauen konnte. Dann nickte sie und reichte ihm den Korb. Er nahm ihn entgegen und zog anschließend Krystin vor sich in den Sattel.

Ein bittersüßes Ziehen durchfuhr seine Lenden, als sich der schlanke Mädchenkörper gegen ihn drückte. Er lenkte das Pferd von der Lichtung weg. Zurück auf den Waldweg.

»Ist es hier üblich, dass die Soldaten des Grafen Mädchen im Wald auflauern, um sie zu schänden?«

Krystin zuckte mit den Schultern. »Es kommt vor.«

»Du solltest dem Pater davon erzählen.«

»Was würde das bringen? Er kann nicht überall sein.«

»Er könnte mit dem Grafen reden.«

»Der Graf hat andere Sorgen, als sich um die Ehre von Bauernmädchen zu kümmern.«

»Er ist dein Herr und muss dich schützen.«

»Er ist mein Herr und tut, was ihm beliebt.«

Arnfried schnaubte. Er wusste nicht, was er darauf erwidern sollte.
Krystin hatte Recht. Ein Edelmann scherte sich nicht um das Wohl
seiner Bauern. Und ein geschändetes Mädchen würde ihn nicht um
den Schlaf bringen.

»Danke.« Ihre Stimme riss ihn aus den Gedanken.

Er blinzelte. »Wofür?«

»Das Ihr die Männer davon abgehalten habt mich …«

»… zu schänden«, half er nach. Er konnte fühlen, wie sie die Luft
für einen Lidschlag anhielt und ihr Körper sich anspannte. Zufrieden erkannte Arnfried, dass seine Worte ihren Zweck erfüllten. Er
wollte nicht, dass sie ihn für einen Ehrenmann hielt. Denn das war
er nicht. Darum war er froh, dass Krystin schwieg. Belangloses Ge-
schwätz gehörte ohnehin nicht zu seinen Stärken. Das war alten
Weibern vorbehalten. Sie ritten eine Weile wortlos den Weg entlang.

»Seid Ihr wegen den Verschwundenen hier?«

Arnfried wurde hellhörig.

»Habt Ihr Euer Gefolge verloren, Herr?«

»Mein Gefolge?« Arnfried hob die Brauen.

»Euren Knappen, Eure Waffenknechte.«

»Ich reise allein.«

»Warum?«

»Redest du immer so viel?«

»Ich habe Euch nicht gebeten, mich mitzunehmen. Wenn Euch

meine Gegenwart stört, steht es Euch frei, allein weiterzureiten.«
Arnfried blinzelte irritiert. Die plötzliche Heftigkeit ihrer Worte
hatte ihn überrascht.

»Verzeiht«, sagte sie nach wenigen Herzschlägen deutlich gefasster,
»ich wollte nicht unhöflich sein.«

»Du hast ausgesprochen, was du gedacht hast. Ich sehe darin keine Verfehlung.«

»Das sehen viele anders.«

»Allen voran dein Vater, schätze ich.«

Krystins schmale Schultern strafften sich und sie schien für einen
Augenblick die Luft anzuhalten.

»Ich habe keine Familie.«

»Sind sie tot?«

»Pater Rudolph sagt es.«

»Du musst doch wissen, was mit deinen Leuten passiert ist.«

»Ich kann mich nicht erinnern«, ihr Tonfall klang gereizt.

»Irgendjemand in Weihlingen muss es doch wissen.«

»Köhler haben mich als kleines Mädchen im Wald gefunden und
nach Weihlingen gebracht.«

»Zu Pater Rudolph?«

»Zu Pater Michael. Pater Rudolph kam erst Jahre später ins Dorf.
Nach dem Tod des alten Paters.«

»Wie lang ist das her?«

»Zehn Sommer.«

Sie folgten dem Weg ein kurzes Stück, bis sie den Waldrand erreichten. Unterhalb der Anhöhe, auf der sie sich befanden, schmiegte sich eine größere Ansammlung von Hütten. Ein schmaler Fluss-
lauf bildete die westliche Grenze. Weihbach. Hier, hoffte er, die
Antworten zu finden, die er suchte.

St. Ulrich

Herr, schenk mir Weisheit, damit ich durch den Nebel der Lüge schauen kann. Gib mir Mut, damit ich dorthin zu gehen vermag, wo die Schatten lauern. Halte deine Hand schützend ...

Hufgeklapper drang durch das Fenster ins Innere.

Ortwin seufzte tief, *über mich und bitte, Herr, schenke mir Geduld mit den Narren, die mich umgeben. Amen.* Er bekreuzigte sich und erhob sich. Im selben Moment ertönte von der Tür ein eindringliches Klopfen.

»Tritt ein.«

»Herr, der Graf von Eberlingen ist soeben eingetroffen«, berichtete Falk. Die Unruhe war ihm deutlich anzusehen.

»Damit war zu rechnen. Prior Martin ist ebenso gerissen, wie konformistisch.«

»Herr?«

»Er versucht, seine Macht zu sichern. Wenn er der nächste Abt von St. Ulrich werden will, kann ein gräflicher Fürsprecher gewiss nicht schaden.«

»Wenn wir uns beeilen, könnten wir uns noch davon machen, Herr.«

»Sei nicht albern. Der Prior will einen raschen Abschluss unserer Untersuchung. Keine Kerkerhaft für mich. Sag Hartmann Bescheid, er soll die Pferde satteln lassen. Das Gespräch mit dem Grafen wird nicht lange dauern.«

»Ja, Herr.« Falk verbeugte sich knapp und eilte davon.

Ortwin holte tief Luft und klopfte den Staub von seinem Gewand, als ihn auch schon ein Novize in den Kapitelsaal bat. Zügig, aber ohne erkennbare Hast, folgte er dem Jungen und ging im Geiste bereits die wahrscheinlichsten Argumente und Anschuldigungen durch, mit denen er sich in Kürze konfrontiert sah.

Vor dem Eingang zum Saal hatten zwei Waffenknechte des Grafen Aufstellung bezogen. Ortwin nickte ihnen knapp zu und trat ein. Der Graf von Eberlingen stand am Kopfende des Tisches. In der Rechten hielt er einen Pokal, während die linke Hand auf dem Schwertknauf ruhte. Er war von untersetzter Statur und trug das blond gelockte Haar bis zu den Schultern. Augen, so grün wie eine Sommerwiese, warfen ihm einen kühlen, abschätzigen Blick zu. Prior Martin stand zu der Rechten des Grafen. Ein frostiges Lächeln umspielte seine Mundwinkel.

Ortwin trat vor die Herren und neigte den Oberkörper nach vorn.

»Ortwin von Hohenfels, Hochgeboren. Gesandter Seiner Exzellenz des Bischofs von Konstanz«, stellte Prior Martin ihn vor.

»Kommen wir gleich zur Sache Pater. Ihr wisst, wer ich bin.«

»Ja, Herr. Bitte gestattet mir, Euch für den Verlust Eures Sohnes mein tief empfundenes Mitgefühl auszusprechen.«

»Spart Euch die leeren Worte. Prior Martin hat mir zugetragen, dass Ihr die Schuld am Tod meines Sohnes vertuschen wollt. Erklärt Euch.«

Ortwin sah vom Grafen zum Prior und wieder zurück. »Nichts läge mir ferner, Hochgeboren. Sicherlich hat Euch der Prior über die Unstimmigkeiten berichtet, die mir während meiner Untersuchung aufgefallen sind.«

»Nichts weiter als haltlose Indizien«, knurrte der Graf.

»Mit Verlaub, dass zu beurteilen, bin ich hier, Hochgeboren.«

»Ihr seid hier, weil der Abt von diesem Kloster meinen Jungen erst geschändet und ihm dann die Kehle durchgeschnitten hat. Und jetzt sucht ihr Ausflüchte, die Schuld zu verschieben.«

»Falls meine Untersuchungen zu dem Schluss kommen, dass Abt Heinrich Hand an Euren Sohn gelegt hat, bin ich der Erste, der ihn schuldig sprechen würde, Hochgeboren.«

»Aus welchem Grund sollte ich Euch glauben?«

»Ich bin ein Diener der Kirche, Gesandter eines Bischofs und ...«

»... ein Bastard. Ich kenne Euren Vater und weiß um Eure sündige Existenz.«

Ortwins Schultern strafften sich. Dieser Schlag war unvermittelt gekommen. Aus dem Nichts und hatte ihn vollkommen unvorbereitet getroffen. Er brauchte mehrere Atemzüge, um sich zu sammeln.

»Da seht Ihr, Hochgeboren, mit welcher Ernsthaftigkeit der Bischof von Konstanz dem Tod Eures Sohnes nachgeht.« Prior Martin warf ihm einen verächtlichen Blick zu. Ortwin holte tief Luft. Er hatte gehofft, dass dieser Moment an ihm vorbeiginge. Doch augenscheinlich hatte Gott andere Pläne. Er wusste, dass er sich den Prior mit seinen folgenden Worten endgültig zum Feind machen würde, aber ihm bleib keine Wahl.

»Ich an Eurer Stelle würde es mir zweimal überlegen, die Sache auf sich beruhen zu lassen, Hochgeboren.«

»Was meint Ihr damit?« Der Graf warf ihm einen schroffen Blick zu. Ortwin schaute den Prior direkt an.

»Cui Bono? Wem hat der Tod von Abt Heinrich bislang am meisten genützt? Wer konnte daraus am meisten Kapital schlagen?«

Dem Prior war sämtliche Farbe aus dem Gesicht gewichen. Zorn trat ihm in die Augen und er ballte die Hände zu Fäuste.

»Du frivoler Bastard. Wie kannst du es wagen?«

»Genug«, donnerte der Graf. Seine Blicke durchbohrten Ortwin.

»Ich gebe Euch zwei Wochen. Dann präsentiert Ihr mir einen Mörder oder ich spreche beim Kurfürsten vor. Dann werden wir sehen, ob Euer Bischof seinen Hals aus der Schlinge zieht.«

»Hochgeboren, so wenig Zeit ...«, begann Ortwin.

»Zwei Wochen, Pater.«

Weihbach, Grafschaft Eberlingen

»Pax vobiscum, Abt Heinrich. Welch eine Ehre, Euch hier empfangen zu dürfen. Ich bin Pater Rudolph. Der Hirte dieses Dorfes.«
Der blonde Priester verbeugte sich ergeben. Die rechte Hälfte des bartlosen Gesichts war von grässlichen Brandnarben entstellt. Sie reichten über den Hals bis unter die schlichte Kutte. Ortwin stieg vom Pferd und deutete eine Verbeugung an.

»Et cum spiritu tuo, Bruder. Ich danke Euch für den herzlichen Empfang. Auch wenn ich nicht der Abt von St. Ulrich bin. Mein Name ist Ortwin von Hohenfels, Gesandter seiner Exzellenz des Bischofs von Konstanz.« Pater Rudolph blinzelte und blickte ihn für wenige Lidschläge scheinbar ratlos an.

»Verzeiht, Herr, ich habe den Abt erwartet«, er deutete auf Falk und Hartmann, »ich dachte, Ihr wärt das.«

Ortwin lächelte dünn. Er schaute zu den umstehenden Dörflern, die ihn und seine Eskorte mit misstrauischen Blicken bedachten.

»Es wäre besser, wenn wir uns ungestört unterhalten könnten, Bruder.«

»Natürlich. Bitte, hier entlang.« Rudolph wies auf eine schlichte Kate direkt neben der Kirche. Falk und Hartmann übergaben die Pferde einem Jungen. Dann folgten sie ihrem Herrn in respektvollen Abstand. Der Pfarrer ließ Ortwin den Vortritt. Die beiden Waffenknechte nahmen vor der Tür Aufstellung.

»Ihr müsst die Unordnung entschuldigen, Herr. Meine Haushälterin ist Pilze sammeln. Sie sollte längst zurück sein.« Er lächelte und wies mit seiner linken Hand auf das schmutzige Geschirr. Die Hütte bestand aus einem Raum. Ein Vorhang trennte den Schlafbereich vom Rest des Zimmers ab. Außer einem Schreibpult und einem

Tisch mit dazugehörigen Stühlen befanden sich keine Möbel im Haus. Ein unansehnlich verrußtes Holzkreuz hing über der Feuerstelle, in der zur Zeit kein Feuer brannte. Sonnenlicht drang durch das geöffnete Fenster in den Raum.

»Bitte. Nehmt Platz, Herr. Darf ich Euch Wein einschenken?«

Ortwin kam der Aufforderung nach und nickte dankbar. Pater Rudolph schenkte zwei Tonbecher großzügig ein und schob ihm einen der Becher hin. Dankbar nahm er ihn auf und trank. Der Wein war kräftig und vollmundig. Er schaute den Becher an und nickte lobend.

»Einen guten Tropfen habt Ihr da.«

»Er kommt aus Burgund.« Die beiden Brüder in Christi tauschten einen knappen Blick.

»In welcher Sache habt Ihr Abt Heinrich angeschrieben?«

»Ich? Gar nicht. Er hat den Kontakt zu mir gesucht.«

»In welcher Angelegenheit?«

»Das weiß ich nicht. Er kündigte sein Kommen in einem Schreiben an, um mit mir in dringender Angelegenheit zu sprechen.«

Ortwin runzelte die Stirn.

»Das ist bedauerlich.«

»Ich fürchte, ich kann Euch nicht ganz folgen, Bruder.«

»Der Abt ist tot.«

Rudolph bekreuzigte sich.

»Ich untersuche sein Ableben im Auftrag des Bischofs von Konstanz.«

»Und Eure Spur hat Euch hierhergeführt?«

»Ihr wart der Letzte, den er vor seinem Tod angeschrieben hat.«

»Möge Gott seiner Seele Frieden schenken.«

»Amen«, Ortwin trank, als ihm ein Gedanke kam.

»Sagt Euch der Name Trossen irgendetwas?«

Pater Rudolph war im Begriff, den Becher an die Lippen zu führen, als er in der Bewegung innehielt.

»Ihr kennt ihn?« Ortwin stellte den Kelch vor sich auf den Tisch. Sein Gegenüber räusperte sich und trank einen tiefen Schluck.

»Burkhard von Trossen verlor vor zehn Jahren seine Familie bei einem tragischen Unglück und hat darüber den Verstand verloren. Er begann zuerst seine Ländereien und dann die seiner Nachbarn zu verheeren. Soweit ich weiß, starb er kurz darauf bei einem Brand, der seine Burg zerstörte.«

»Könnt Ihr Euch vorstellen, weshalb Abt Heinrich sich mit Burkhard von Trossen beschäftigt hat?«

Pater Rudolph schüttelte den Kopf.

»Der Graf ist tot.«

»Hat man je seine Leiche gefunden?«

»Habt Ihr jemals eine Feuersbrunst erlebt, Pater? Da bleibt nicht viel übrig.«

»Eben.«

Rudolph blickte von der Tischplatte hoch.

»Was wollt Ihr damit sagen?«

»Ich habe nur laut gedacht.«

Hektische Stimmen ertönten. Ortwin konnte Falk und Hartmann hören.

»Was ist da los?« Er stand auf und öffnete die Tür. Die beiden Waffenknechte standen Schulter an Schulter und versperrten den Weg. Ein Mädchen redete auf sie ein. Hinter ihr saß ein Mann auf einem imposanten Schlachtross. Er trug einen hochwertigen Plattenrock über dem Kettenhemd und sah in der Gesamterscheinung aus, als verstünde er sein Handwerk. Das schulterlange Haar war im Nacken mit einer Lederschnur zusammengebunden. Ein brauner Stoffstreifen war über das rechte Auge gebunden.

»Was geht hier vor?« Ortwin erhob die Stimme und augenblicklich wurde es still. Falk drehte sich zu ihm um.

»Das Mädchen behauptet, die Haushälterin des Pfarrers zu sein. Sie kam zusammen mit ihm.« Der Waffenknecht ruckte das Kinn in die Richtung des Fremden.

»Krystin«, ertönte es hinter Ortwin.

»Lasst sie passieren.« Die Waffenknechte traten zur Seite und das Mädchen trat ins Innere.

»Wo bist du gewesen? Ich habe mir Sorgen gemacht.«

Mehr hörte Ortwin nicht, denn er hatte die Hütte verlassen und war auf den Fremden zugegangen.

»Gott zum Gruße, Herr.«

»Pater«, der Fremde nickte knapp. Ortwins Blick wanderte über die Gestalt des Mannes und blieb auf dem Schwert hängen, das am Sattel befestigt war. Im Knauf war ein Tatzenkreuz eingearbeitet.

»Seid Ihr zufällig in der Gegend, Herr …?« Die Aufforderung, sich vorzustellen, war unüberhörbar. »Nein. Seid Ihr Pater Rudolph?«

Ortwin schüttelte den Kopf und öffnete den Mund, um sich vorzustellen. Doch der Mann glitt aus dem Sattel und stapfte an ihm vorbei. Ortwin trat ihm in den Weg. »Ihr habt mir noch nicht Euren Namen verraten, Herr.« Aus den Augenwinkeln sah er, wie Falk und Hartmann nähertraten. Die Hände auf die Schwertgriffe gelegt. Der Fremde schien die Waffenknechte ebenfalls bemerkt zu haben. Seine Körperhaltung spannte sich an. Musternd warf er den Männern einen flüchtigen Blick zu.

»Wüsste nicht, was der Euch angeht, Pater.«

»Zeige mehr Respekt, Mann. Du sprichst mit dem Gesandten Seiner Exzellenz des Bischofs von Konstanz«, herrschte Falk den Fremden an. Dieser runzelte die Stirn und zog die Brauen zusammen.

»Dem Bischof von Konstanz?«

»Sprech' ich Latein, Mann?« Falk warf dem Fremden einen verächtlichen Blick zu. Ortwin bedeutete dem Waffenknecht mit einer Geste zu schweigen.

»Ortwin von Hohenfels. Ich führe im Namen des Bischofs eine Untersuchung durch.«

»Ihr seid Dominikaner.« Der Mann wies auf Ortwins schwarzweißen Habit.

»So ist es.«

»Dann jagt Ihr Ketzer?«

»Einen Mörder.« Ortwin war von der Reaktion des Fremden überrascht. Die Feindseligkeit in dem bärtigen Gesicht wich der Verwunderung.

»Dann wartet Ihr vielleicht auf Hugo von Steinbach?«

Nun war es an Ortwin, überrascht die Brauen zu heben. »Ich höre diesen Namen zum ersten Mal. Wer ist das?«

»Ein toter Templer.«

Ortwin runzelte die Stirn und deutete über den Dorfplatz hinweg die Straße hinauf.

»Sind das Eure Männer?«

Arnfrieds Blick glitt an dem jüngeren Pater vorbei zur Straße. Er presste die Zähne zusammen und spannte die Kiefermuskeln an. Eine Gruppe Bewaffneter war aus dem Wald geritten und hielt auf das Dorf zu. Die Hufe der Pferde wirbelten den Staub der Straße auf und hüllte sie in eine gelbliche Wolke. Sonnenstrahlen brachen sich am Metall der Helme und Kettenhemden.

Die Männer des Grafen. Er erkannte sie an den roten Wappenröcken und wusste, weshalb sie gekommen waren. Kerkerhaft oder

der Strick. Das waren seine Aussichten auf die Zukunft. Für einen Herzschlag spielte er mit dem Gedanken, das Heil in der Flucht zu suchen. Nein. Er würde nicht davonlaufen. Sich wie ein Feigling davonmachen. Er hatte nichts Unrechtes getan. Notfalls würde er kämpfen. Er lockerte das Schwert in der Scheide und saß auf.

»Ihr geht besser ins Haus, Pater. Das hier könnte hässlich werden.«

»Dann gehören sie nicht zu euch?«

»Nein«, knurrte Arnfried.

»Was habt Ihr verbrochen?«

»Ich habe zwei Strauchdiebe davon abgehalten, sich an einem Mädchen zu vergreifen.«

»Die Haushälterin von Pater Rudolph?«

Arnfried nickte.

»Dann habt Ihr nichts Unrechtes getan.«

»Schätze, dass sie anderer Meinung sind.« Er wies auf die nahenden Männer.

»Ihr zieht es nicht ernsthaft in Erwägung, Ihnen mit dem Schwert entgegenzutreten?«

»Wenn ich muss.«

Ehe der Priester antworten konnte, erreichten die Männer des Grafen den Dorfplatz. Ein braunhaariger Mann mit Vollbart führte sie an. Er saß auf einem Schimmel, der mit einer rot-weißen Schabracke bedeckt war. Er trug einen Plattenrock in einheitlichen Farben. Quer über das Gesicht des Mannes verlief eine gezackte Narbe, die ihm vom Haaransatz über die Nase reichte und im Dickicht der Behaarung verschwand. Eine Kettenhaube bedeckte Schultern und Hals.

Die Dorfbewohner säumten den Platz und verfolgten das Schauspiel aus sicherer Entfernung. Narbengesicht zügelte das Pferd.

Zwei Lanzenlängen vor Arnfried kam er zum Stehen. Seine Männer fächerten sich hinter ihm auf. Die Hände auf die Knäufe der Schwerter gelegt.

»Ist das der Hundsfott, der euch angegriffen hat?« Ein Mann zu Narbengesichts Linken nickte. Arnfried erkannte ihn als einer der Männer aus dem Wald.

»Ja, Herr, das ist der Kerl.« Narbengesichts Blick richtete sich auf Arnfried. Die Missachtung war deutlich zu erkennen. »Ich bin Kraft von Ahlingen. Vogt des Grafen von Eberlingen, und Ihr seid?«

»Arnfried von Ehrfeld. Ich bin Euch oder dem Grafen keine Rechenschaft schuldig.«

»Ihr sollt den Landfrieden gebrochen und Männer des Grafen angegriffen haben.«

»Wenn Ihr meint, dass ich Eure Männer daran gehindert habe, ein Mädchen zu schänden, habt Ihr recht.«

»Das ist eine Lüge«, rief der Waffenknecht zu Ahlingens Linken aus. Er wurde durch eine herrische Geste des Vogts zum Schweigen gebracht.

»Sicher habt Ihr Beweise für Eure Anschuldigung.«

»Befragt das Mädchen. Sie wird berichten, wie es war.«

Der Vogt lächelte müde. »Das Wort eines Bauernmädchens wird da nicht reichen.«

»Dann nehmt mein Wort als Beweis.«

»Ihr seid ein Fremder und führt kein Wappen. Da erwartet Ihr, dass ich Euch glaube?«

»Dann lassen wir Gott entscheiden«, knurrte Arnfried und legte die Hand an den Griff seines Schwertes.

»Ihr seid nicht in der Position, Forderungen zu stellen. Ihr werdet uns begleiten und Euch der Gerichtsbarkeit des Grafen unterwerfen.«

»Einen Scheiß werde ich. Wenn Ihr mich einen Lügner nennt, fordere ich Euch.«

»Ihr führt kein Wappen. Wer weiß? Vielleicht seid Ihr nicht einmal ein Edelmann. Sondern nur ein halb blinder Krüppel auf einem teuren Pferd?«

Gelächter ging durch die Reihen der Männer. Arnfried wollte das Schwert ziehen, als Pater Ortwin vortrat. Wie zufällig stellte er sich zwischen ihn und den Vogt. Arnfried fluchte tonlos und ließ sein Pferd tänzeln. Was bildete sich dieser Pfaffe ein?

»Wurde einer Eurer Männer getötet?«

»Diese Sache betrifft weltliches Recht, Pater, und geht Euch nichts an.«

»Ihr irrt Euch. Dieser Mann hier ist ein Tempelritter. Angehöriger eines kirchlichen Ordens. Dem Papst allein unterstellt. Wenn Ihr ihn anschuldigt, muss sein Fall zunächst vor einem kirchlichen Gericht begutachtet werden. Dann und nur dann kann er Euch überstellt werden.«

Ein Raunen ging durch die Zuschauer. Die Blicke des Vogtes streiften Arnfried. Woher wusste der Dominikaner von seiner Verbindung zum Orden?

»Mit welchem Recht sprecht Ihr?«

»Mit dem Recht Seiner Exzellenz des Bischofs von Konstanz.«

Das Lid des Ritters zuckte merklich.

»So wie das Mädchen aussieht, wurde es geschlagen. Was nicht für Eure Männer spricht.«

»Jeder könnte das getan haben.«

»Wird sie das auch sagen? Vergewaltigung ist ein schweres Vergehen.« Der Priester lächelte selbstzufrieden. Mit größter Anstrengung hielt der Vogt seinen Zorn zurück.

»Ist es wahr? Seid Ihr ein Templer?« Von Ahlingen bedachte Arnfried mit einem vernichtenden Blick. Trotz der aufflammenden Wut war er kein Narr. Er wusste, dass der Dominikaner ihm eine goldene Brücke gebaut hatte. Eine Möglichkeit, den Kopf aus der Schlinge zu ziehen. Er war kein Feigling und wäre hier auf diesem Dorfplatz verblutet, wenn dies der Preis seiner Ehre gewesen wäre. Hugo von Steinbach würde dies indes nicht wieder zum Leben erwecken. Sein Tod wäre ungesühnt geblieben. Er atmete hörbar ein und nickte. »Ich bin ein Tempelritter.« Er konnte sehen, wie die Kiefer von Narbengesicht mahlten, »und ich stelle mich unter den Schutz des Bischofs von Konstanz.«

Mehrere Herzschläge fochten ihre Blicke einen stummen Zweikampf.

»Solltet Ihr erneut mit meinen Männern Streit bekommen, wird Euch der Schutz des Bischofs nicht mehr retten.« Der Vogt wendete sein Pferd und preschte, gefolgt von den Waffenknechten, davon.

Arnfried spuckte aus.

»Ich habe Eure Hilfe nicht gebraucht.«

»Sie hätten Euch am nächsten Baum aufgeknüpft.«

»Was geht das Euch an?«

»Ihr erwähntet einen toten Tempelritter. Ich würde gerne die ganze Geschichte hören.«

»Ein selbstloser Dominikaner wäre erfrischend gewesen.«

Ortwin lächelte.

»Ich warte.«

»Ihr habt mir nichts zu befehlen, Pater.«

»Das sehe ich anders, Herr Arnfried«, er lächelte spitzbübisch. »Ihr habt Euch unter den Schutz des Bischofs gestellt und damit unter meinen.«

»Ihr habt mich in die Falle gelockt.«

»Ich habe Euch das Leben gerettet. Wenn Ihr meint, den bischöflichen Schutz nicht zu brauchen, könnt Ihr euch gern der Gerichtsbarkeit des Grafen von Eberlingen unterstellen.«

»Ihr solltet mir nicht drohen, Pater.«

Ortwin lächelte beschwichtigend.

»Ihr missversteht mich. Ich habe nicht die Absicht, Euch einzuschüchtern. Ich nenne Eure Möglichkeiten. Weiter nichts.«

»Ihr lasst mich zwischen dem Schwert und dem Strick entscheiden.«

»Ihr habt wenigstens eine Wahl.« Der Pater grinste ihn an. Arnfried zog hörbar die Luft ein. Ortwin war anders als die meisten Geistlichen, die er kannte. Vorlaut, schlagfertig und auf eine erfrischende Art weltlich. Dessen ungeachtet war er sich nicht sicher, ob er den jungen Priester mochte. Oder ihm gar trauen konnte. Seine Anwesenheit in diesem Dorf konnte kein Zufall sein. Er sprach von einem Mord, den er untersuchte. Es gab nur einen Weg, dies herauszufinden. Er würde den Pater ins Vertrauen ziehen. Zumindest ein Stück weit.

»Bevor ich Eure Fragen beantworte, möchte ich eine Sache klarstellen. Ich stehe nicht in Euren Diensten.«

Ortwin nickte gönnerhaft.

»Damit kann ich leben. Vorerst.«

»Damit müsst Ihr leben.«

Der Dominikaner verzog die Mundwinkel.

»Ich bin ganz Ohr.«

»Mein alter Schwertbruder wurde in Markfurt ermordet. Jemand hat ihm die Augen herausgeschnitten und ihm anschließend die Kehle geöffnet.«

Ortwins Miene verdunkelte sich.

»Habt Ihr den Mörder gesehen?«

»Nein. Aber ein Mönch hat mich angegriffen und versucht zu töten.«

»Ein Mönch?« Ortwin sah ihn entgeistert an, »habt Ihr ihn erkannt?«

»Sein Gesicht war unter einer Kapuze verborgen.«

»Weshalb glaubt Ihr dann, dass es ein Mönch gewesen war?«

»Weil er eine schwarze Kutte trug.«

»Wie ein Benediktiner?«

Arnfried nickte. Ortwin machte ein nachdenkliches Gesicht.

»Ihr glaubt mir nicht?«

»St. Ulrich ist ein Benediktiner Kloster.«

»Und?«

»Der dortige Abt wurde erhängt in seiner Kammer gefunden, zuvor soll er angeblich einen Novizen die Kehle durchgeschnitten haben.«

»Das könnte Zufall sein.«

»Das glaube ich nicht.«

»Ihr wollt damit sagen, dass ein Mönch einen Tempelritter umgebracht hat? Das ist etwas, was ich nicht glauben kann.«

»Abt Heinrich war einer Sache auf der Spur und musste sterben. Euer Schwertbruder, weil er ihm womöglich helfen wollte. Wisst Ihr, was Euer Schwertbruder hier wollte?«

»Nein.«

Pater Ortwin fuhr sich mit dem Zeigefinger über die Nasenspitze.

»Vermutlich wollte er sich mit Abt Heinrich treffen. Wir müssen dort anfangen, wo sie aufgehört haben.«

»Wir?« Arnfried zog die Brauen zusammen und schaute den Pater skeptisch an. Ihm wäre nicht im Traum eingefallen, sich mit dem Kleriker zusammenzutun. »Nur solange, bis wir den Mörder seiner gerechten Strafe zuführen können.«

Arnfried runzelte die Stirn, als Ortwin nickte.

»Kommt, es liegt viel Arbeit vor uns.«

»Wo wollt Ihr anfangen?«

»In einer Ruine.«

Das Torhaus stand offen. Der rechte Flügel hing lose in den Angeln. Vom Linken fehlte jede Spur. Die Sonne warf ihre milden Strahlen durch das rußgeschwärzte Balkenwerk. Tiefe Kerben in den abgesenkten Steinen waren die letzten Zeugen des einstigen Wehrgangs. Von der hölzernen Konstruktion war nichts mehr geblieben. Ihr Weg führte sie an der teils eingestürzten Außenmauer des Bergfrieds vorbei. Wie scharfkantige Zähne ragten die Überreste in den grauen Himmel hinauf. Ortwin zügelte den Zelter, als sie ein weiteres Torhaus erreichten.

»Ein unheimlicher Ort«, stellte Falk fest und bekreuzigte sich.

»Eine ausgebrannte Ruine. Weiter nichts«, brummte Arnfried, der den gesamten Weg über kaum ein Wort gesprochen hatte.

»Es muss einen Grund gehabt haben, weshalb sich Abt Heinrich vor seinem Tod mit dem Hause Trossen beschäftigt hat.« Ortwin schloss zu Arnfried auf, der an der Spitze ritt.

»Was glaubt Ihr hier zu finden, Pater?«

Der Priester stieß einen Seufzer aus.

»Offen gestanden, ich habe nicht die geringste Ahnung. Eine Spur, einen Anhaltspunkt, irgendetwas.«

»Der Bischof muss große Stücke auf Euch halten.« Arnfried verzog den linken Mundwinkel zu einem schiefen Lächeln.

»Zuweilen leiste ich ihm gute Dienste.«

»Indem Ihr Ketzer jagt?«

»Den ein oder anderen. Hauptsächlich aber sind es Mörder.«

»Ist das nicht die Aufgabe des Vogts?«

»Die, die ich zur Strecke bringe, sind eine Besonderheit. Sie sind allesamt besessen oder stehen mit dem Leibhaftigem im Bunde.«

»Und das wisst Ihr, bevor Ihr sie gefangen habt? Klingt für mich wie ein Haufen Scheiße.« Er spuckte aus und zog den Kopf ein, als sie das innere Tor passierten.

»Man erkennt die teuflischen Umtriebe an der extremen Gewalt, mit der die Verbrechen begangen werden«, entgegnete Pater Ortwin ruhig, »jemanden im Streit niederstechen ist eine Sache. Ihm anschließend den Bauch aufzuschlitzen und die Eingeweide in Bäume hängen, eine andere.«

Sie ritten in den Lichthof. Sämtliche Dächer der umliegenden Gebäude fehlten. Rußgeschwärzte Überreste zeugten von dem einstigen Inferno, das hier geherrscht haben musste. Gras wucherte allerorten und Ranken begannen, der Natur zurückzuholen, was ihr einst genommen wurde. Arnfried blickte sich um. Kein Geräusch war zu hören. Nicht einmal ein Vogelzwitschern. Es war, als ob selbst die Tiere diesen Ort mieden. Er spähte zur Kapelle, oder das, was von ihr übrig geblieben war. Wie ein verkohltes Skelett schien das einstige Haus Gottes auf seinen endgültigen Zerfall zu warten. Er schaute zu Boden.

»Jesus Christus steh und bei«, murmelte Hartmann und stieg ab. Die Übrigen taten es ihm gleich.

»Wir sollten uns aufteilen, dann können wir Zeit sparen«, schlug Ortwin vor, »sucht nach Anzeichen, dass sich hier jemand kürzlich aufgehalten hat.«

Während die Waffenknechte sich in den ehemaligen Stallungen und Wirtschaftsgebäuden umsahen, ging Arnfried in die ausgebrannten Überreste des Bergfrieds, der hoch über die Anlage ragte. Die Holzdecken waren eingestürzt. Zerborstene und verkohlte Balken türmten sich in der großen Halle. Hier gab es nichts, außer Unrat und Trümmer. Er brummte missfällig und ging zum nächsten

Gebäude. Die Schmiede, wie ihm der umgefallene Amboss verriet. Auch hier bot sich ihm dasselbe Bild. Nirgends gab es Anzeichen, dass in den letzten Jahren irgendeiner hier oben gewesen war. Nicht einmal Tierspuren waren zwischen den Überresten zu erkennen.

Allmählich begann Arnfried an dem Verstand des Priesters zu zweifeln. Gut möglich, dass der Bischof von Konstanz große Stücke auf diesen Ortwin hielt, doch das würde sie dem Mörder von Hugo und dem Abt nicht näher bringen. Falls es überhaupt diese Verbindung gab. Er atmete hörbar aus. Das hier war alles bloße Zeitverschwendung. Er sah über die Reste der Wand hinweg zur Kapelle, wo sich Pater Ortwin befand.

»Habt Ihr etwas gefunden, Pater?«

»Nein. Wie sieht es bei Euch aus?«

»Nur ein Hurenhaus ist schmutziger als diese Ruine«, leiser fügte er hinzu, »oder ein Friedhof lebhafter.« Er trat aus der Schmiede und sah sich um. Hartmann und Falk kamen gerade aus den Stallungen.

»Und haust der Teufel im Stall?«

»Wenn, dann haben wir ihn nicht gefunden«, erwiderte Hartmann mit einem Grinsen.

»Da drinnen gibt es nur einen Handkarren. Mehr nicht«, fügte Falk hinzu.

»In der Kapelle hat außer dem Altar nichts das Feuer überstanden«, berichtete Pater Ortwin, der sich ihnen angeschlossen hatte.

»Habt Ihr weitere solch prächtige Vorschläge?« Arnfried fuhr sich mit der rechten Hand durchs Haar und schaute den Priester erwartungsvoll an.

»Wenn Ihr etwas zu sagen habt, sprecht frei heraus.«

»Wisst Ihr, weshalb der Abt nach Weihbach wollte?«

»Er wollte mit Pater Rudolph sprechen.«

»Worüber?«

»Das wusste der Pater nicht.«

»Nun, irgendeiner wird es wissen.«

Pater Ortwin runzelte die Stirn. »Wie meint Ihr das?«

»Der Heilige Geist wird ihm bestimmt nicht eingeflüstert haben, in ein Dorf am Arsch der Grafschaft zu reisen oder?«

***

5.

Der Hof des Schulzen befand sich unweit des Dorfplatzes. Er um-
fasste vier Gebäude und war von einem Weidenzaun umfriedet.
Das Wohnhaus war zweistöckig und aus Stein und Fachwerk errich-
tet. Als sie in den Hof einritten, kam ihnen ein schwarzer Hund
entgegengelaufen. Ihm folgte dicht auf den Fersen ein dunkelhaariger, etwa neunjähriger Junge. Der Vierbeiner begrüßte die Neuan-
kömmlinge mit lautstarkem Gebell, während der Junge sie neugierig
anstarrte.

»Gott zum Gruße, Pater. Wollt Ihr zu Vater?«

»Das kommt darauf an. Ist er der Dorfschulze?« Ortwin warf dem
Knaben ein freundliches Lächeln zu. Dieser nickte und blickte
staunend zu Arnfried.

»Was ist mit Eurem Auge passiert?«

»Ein Sarazene hat es mir mit seinem Dolch herausgeschnitten.«

Die Augen des Jungen weiteten sich und Arnfried fing Ortwins
tadelnden Blick auf. »Wie heißt du, mein Junge?«, beeilte sich Ortwin zu fragen.

»Friedrich, Pater.«

»Dann geh und hol deinen Vater, Friedrich. Wir müssen in dringender Angelegenheit mit ihm sprechen.«

Friedrich verneigte sich artig und rannte zum Haus.

»War das notwendig?«

»Hätte ich ihn Eurer Meinung nach anlügen sollen, Pater?« Arnfried warf dem Priester einen abschätzigen Blick zu.

»Etwas weniger Ehrlichkeit hätte es auch getan. Der Knabe war
keine zwölf.«

»Er ist alt genug, um zu wissen, dass das Leben eine Jauchegrube
ist.«

»Was hat Euch so verbittert gemacht?« Sie gingen auf das Wohnhaus zu, während Falk und Hartmann die Pferde in den Stall brachten.

»Hauptsächlich frömmelnde Bastarde, die große Reden schwingen, aber zu blöd zum Pissen waren.«

Ehe Ortwin etwas darauf erwidern konnte, ging die Tür auf und ein glatzköpfiger Mann mittleren Alters mit einem kräftigen Schnurrbart trat ins Freie. Er ging sogleich auf sie zu und verneigte sich.

»Gott zum Gruße, Pater. Willkommen in meinem Haus. Was verschafft mir die Ehre Eures Besuchs?«

Arnfried wollte etwas erwidern, aber der Pater kam ihm zuvor. »Der Herr sei mit Euch. Ich bin Pater Ortwin von Hohenfels und das ist der Herr Arnfried von Ehrfeld. Traurige Umstände führen uns an diesen Ort und wir hatten gehofft, dass Ihr uns weiterhelfen könntet, Schulze.«

Die fröhliche Miene des Schulzen gefror augenblicklich. »Hat Euch Abt Heinrich von St. Ulrich geschickt?«

Arnfried und Ortwin tauschten ob dieser unerwarteten Frage einen erstaunten Blick.

»Der Abt«, Ortwin bekreuzigte sich, »ist tot. Ich bin hier, um die Umstände seines Ablebens zu klären.«

Die Augen des Schulzen weiteten sich und er schlug hastig das Kreuzzeichen bei Ortwins Worten.

»Bitte, tretet ein. Wir sollten diese Dinge in Ruhe besprechen.«

Sie folgten ihm in die Halle und nahmen an einem langen Holztisch platz. Eine Magd eilte herbei und brachte Bier. Arnfried folgte dem jungen Ding mit seinem Blick, ehe er einen tiefen Schluck aus dem Humpen nahm. Das Bier war kalt und würzig. Eine Wohltat nach dem langen Ritt.

»Woher wisst Ihr, dass der Abt von St. Ulrich Weihbach aufsuchen wollte?« Ortwin griff nach dem Becher und trank ebenfalls.

»Weil ich mich an ihn gewandt habe. Etwas geht hier nicht mit rechten Dingen zu, Pater.«

»Wie kommt Ihr darauf?«

»Menschen verschwinden. Spurlos.«

»Was ist daran ungewöhnlich? Leibeigene laufen weg, um in der Stadt ein freies Leben zu führen.« Arnfried ließ den Humpen auf die Tischplatte niederfahren und wischte sich mit dem Handrücken das restliche Bier aus dem Bart.

»Normalerweise würde ich Euch recht geben, Herr, aber es sind jetzt schon der vierte in Folge. Das kann doch kein Zufall sein.«

»Wer genau ist verschwunden?« Ortwin schaute den Schulzen nachdenklich an.

»Die Tochter eines Bauern aus Rehberg, Dietmar, der Sohn vom Schmied, ein Köhler und Albert, ein Knecht von Arno dem Müller.«

»Wann habt Ihr dem Abt davon berichtet?«

»Nachdem Verschwinden von Dietmar.«

»Pater Rudolph erwähnte nichts von den Verschwundenen. Wie könnt Ihr Euch das erklären?« Ortwin hatte die Ellenbogen auf die Holzplatte gestützt und die Fingerspitzen aneinandergelegt.

»Vermutlich hält er nichts von Eurer Annahme«, warf Arnfried ein und der Schulze nickte. »Er sagte, dass es Zeitverschwendung sei, und ich den Abt wegen solcher Vorgänge nicht belästigen brauche.«

»Verstehe. Weshalb habt Ihr Euch an den Abt und nicht an den Grafen von Eberlingen gewandt? Immerhin gehört das Dorf ihm«, erkundigte sich Ortwin.

»Das habe ich, Pater. Kraft von Ahlingen, sein Vogt, hat mir gesagt, dass ich den Grafen nicht belästigen soll. Er würde sie suchen lassen.«

»Mit welchem Ergebnis?«

Ehe der Schulze antworten konnte, ertönte ein Schrei aus dem oberen Stockwerk. Arnfried fuhr zusammen und blickte zur Decke. Ortwin war von seinem Platz aufgesprungen.

»Verzeiht, das ist meine Frau. Sie ist schwer krank. Pater Rudolph ist der Meinung, dass sie nicht mehr lange leben wird.«

»Ich bete, dass er sich irrt«, sagte Ortwin, nachdem er wieder Platz genommen hatte.

Der Schulze nickte ihm dankbar zu mit den Schultern.

»Ich habe seither nichts mehr vom Vogt gehört. Aber immerhin Abt Heinrich scheint mir zu glauben, sonst wärt Ihr nicht hier, Pater.« Er lächelte dünn.

»Der Abt ist tot«, entgegnete Arnfried trocken und leerte den Humpen in einem Zug. Die Augen des Schulzen weiteten sich. »Heiliger Jesus, ist das wahr?«

»Ich fürchte, ja«, erwiderte Ortwin, »man fand ihn erhängt in seiner Kammer.«

Der Schulze bekreuzigte sich. »Ihr glaubt, dass sein Tod mit den Verschwundenen zusammenhängen könnte?«

Ortwin zuckte mit den Schultern. »Um das herauszufinden sind wir hier. Können wir für ein paar Tage hier Quartier beziehen?«

»Natürlich, Pater. Für Euch und Herrn Arnfried werde ich eine Kammer richten lassen. Eure Waffenknechte kann ich beim Gesinde unterbringen.«

»Der Herr wird Euch für Eure Gastfreundschaft danken.«

»Oh ja, ganz gewiss wird er das«, brummte Arnfried. Ortwin und der Schulze blickten ihn pikiert an, doch er scherte sich nicht weiter um sie.

»Wenn Ihr gestattet, würde ich mich vorerst zurückziehen. Ich muss meine Gedanken sortieren. Was ist mit Euch, Herr Arnfried?«

»Ich werde es mir hier mit einem weiteren Humpen gemütlich machen, ruft mich, wenn Ihr soweit seid, Pater.«

Ortwin erhob sich und war im Begriff zu gehen, als er plötzlich innehielt. »Ihr sagtet, dass die Menschen alle in regelmäßigen Abständen verschwunden sind. Wann war das?«

»Neumond.«

»Wir kommen so nicht weiter.« Ortwin stieß einen frustrierten Seufzer aus, als sie die Bauernkate verließen. Sie hatten in den vergangenen Tagen sämtliche Angehörige befragt. Niemand hatte absonderliches Verhalten in den Tagen vor dem Verschwinden feststellen können. Nicht einer hatte etwas gesehen oder gehört.

»Was habt Ihr geglaubt? Dass die Leute nur darauf warten, von Euch befragt zu werden?«

»Niemand hat etwas gesehen oder gehört. Es ist, als ob die Menschen sich in Luft aufgelöst haben.«

»Irgendjemand muss was wissen. Wenn wir ihn gefunden haben, können wir die Wahrheit aus ihm rausprügeln.«

Ortwin sah Arnfried mit einem missfälligen Blick an.

»Ich glaube nicht, dass Gewalt uns hier weiterbringt, Herr Arnfried.«

»Stimmt, wo Eure Methode hingegen von Erfolg gekrönt ist.«

»Zynismus steht Euch nicht gut zu Gesicht.«

»Er hilft mir, Euch und die Welt zu ertragen.«

»Vielleicht liegt die Antwort in den Schriften verborgen, die Abt Heinrich gelesen hat?«

»Wann hat in Büchern je etwas sinnhaftes gestanden?«

»Ihr wärt überrascht.«

Arnfried brummte abfällig und spuckte aus.

»Vielleicht solltet Ihr nochmals mit der Haushälterin von Pater Rudolph sprechen.«

»Krystin? Wie kommt Ihr darauf?« Arnfried warf dem Pater einen überraschten Blick zu.

»Sie wird das verschwundene Bauernmädchen gekannt haben. Vielleicht weiß sie etwas, das ihre Eltern nicht wissen. Die des verschwundenen Mädchens meine ich.«

»Wie kommt Ihr darauf, dass sie ausgerechnet mit mir sprechen würde?«

»Weil sie Euch fortwährend ansieht.« Ortwin deutete dezent zu der Hütte des Priesters, vor der Krystin stand. Sie senkte hastig den Kopf, als Arnfried zu ihr herüberschaute.

Ehe er etwas erwidern konnte, drangen aufgeregte Rufe zu ihnen herüber. Arnfried zog die Brauen zusammen und Ortwin blickte zum Dorfplatz.

»Was ist da los?« Ohne eine Antwort abzuwarten, trat er ins Freie. Arnfried folgte ihm. In seinem Rücken waren die angsterfüllten Schreie des Knechts zu hören. Die Menschen waren auf dem Dorfplatz zusammengelaufen. Dicht gedrängt hatten sie einen Kreis gebildet und riefen durcheinander. Ortwin schob sich durch die Umstehenden. Arnfried folgte ihm.

»Auseinander. Macht Platz.« Rüde schubste er die Bauern zur Seite, die seiner Aufforderung nicht zügig genug nachkamen. In der Mitte des Auflaufs stand ein keuchender junger Mann. Das braune Haar klebte an der schweißbedeckten Stirn. Die Hände waren auf die Oberschenkel gestützt.

»Bist du der Grund für diesen Tumult?« Ortwin sah ihn fragend an. Der Junge nickte.

»Im Wald. Jesus Christus. Im Wald geht der Teufel um.«

»Da vorne ist es. Bei der Eiche.« Der Köhler zeigte mit zittriger Hand auf die benannte Stelle. Die spärliche Lichtung befand sich mitten im Wald. Ein gutes Stück abseits der Straße. Mehrere Meilen von Weihbach entfernt. Ortwin hatte nicht gezögert. Gemeinsam mit Arnfried und den beiden Waffenknechten war er zusammen mit dem Köhler und Pater Rudolph aufgebrochen. Die gesamte Nacht hindurch hatte es in Strömen gegossen. Der Regen hatte die Straßen in eine zähe Schlammlandschaft verwandelt und ihr Vorankommen erschwert. Nebel hing zwischen den Bäumen und es roch nach feuchter Erde. Weißer Dampf stieg aus den Nüstern der Pferde. Ortwins Zelter schnaubte nervös und scharrte mit dem Vorderhuf. *Er wittert den Toten,* schoss es dem Priester durch den Kopf. Er klopfte dem gutherzigen Tier beruhigend auf den braunen Hals.

»Wann hast du die Leiche gefunden?«

»Heute, Pater.« Er fuhr sich mit der Hand über den Nacken. Ihm standen der Schrecken noch immer ins Gesicht geschrieben.

»Nach Sonnenaufgang?«

»Ja, Pater. Der Morgen war schon fortgeschritten.«

»Woher weißt du das?« Pater Rudolph beugte sich im Sattel vor und warf dem Mann einen skeptischen Blick zu. Der Köhler zeigte mit dem ausgestreckten Zeigefinger nach oben.

»Am Stand der Sonne, Pater.«

»Wie hast du die Leiche gefunden?« Ortwin hatte wieder das Wort ergriffen.

»Es war mein Hund. Ich war auf dem Weg zur Zollburg, als er plötzlich ausbrach. Hat wohl 'n Kaninchen gewittert ...«

»Deine Töle ist nicht von Belang«, mischte sich Rudolph sichtlich genervt ein. Eine Geste von Ortwin brachte ihn zum Schweigen.

»Jedes Detail kann von Bedeutung sein. Fahre fort, mein Sohn.«

Der Köhler blickte verunsichert zwischen den beiden Geistlichen hin und her.

»Ich habe ihn gerufen. Mehrmals. Meinen Hund meine ich. Als er nicht gekommen ist, bin ich ihm nach. Dann habe ich ihn unter der Eiche dort gefunden zusammen mit dem«, er brach ab und schluckte, »bitte, Pater, ich will das nicht noch einmal sehen müssen.« Seine Stimme zitterte. Ortwin schenkte ihm ein verständnisvolles Lächeln.

»Du kannst bei Hartmann bleiben. Der Rest kommt mit.« Er ritt an. Der Rest der Gruppe folgte ihm. Wenige Schritte vor der Eiche stiegen sie ab. Ein schwerer, süßlicher Geruch lag in der Luft. Ortwin presste sich den Ärmel über Mund und Nase. Er atmete flach. Darauf bedacht, durch den Mund zu atmen. Der Tote war unterhalb der Eiche verscharrt worden. Kopf und Teile des Oberkörpers waren freigelegt.

»Gütiger Himmel.« Ortwin bekreuzigte sich. Ihm wurde übel. Er presste die Hand vor den Mund und rang die Übelkeit nieder. Nase und Augen des Toten fehlten. Aus dem Gesicht und Oberkörper waren Fleischstücke herausgebissen worden. Die Spuren der Reißzähne zeichneten sich sichtbar von den Verletzungen ab.

»Gütiger Gott. Wer hat ihn so zugerichtet«, murmelte Rudolph.

»Tiere«, erwiderte Falk.

»Ihr meint, der arme Kerl hat gelebt, als man ihn hier abgeladen hat?« Rudolphs Gesicht verzog sich zu einer angewiderten Grimasse.

»Nein.« Ortwin deutete auf den Hals des Toten. »Ihm wurde die Kehle durchgeschnitten.« Ein länglicher Schnitt verlief zwei Fingerbreit unter dem Kinn von einem Ohr zum anderen. »Mit der linken Hand.«

Arnfried warf einen Blick in die flache Grube.

»Er wurde nicht tief genug vergraben. Die Tiere haben ihn gewittert und ausgebuddelt.«

»Der Ort ist bewusst gewählt worden. Er liegt abgelegen von der Straße und ist von dort nicht einsehbar. Der Mörder wollte nicht, dass wir den armen Mann finden.« Ortwin blickte zu Rudolph.

»Erkennt Ihr den Toten?«

»Das ist Alfred. Einer der Köhler.«

»Der vor einem Monat verschwand?«

Der Priester nickte.

»Er muss die Nacht über so gelegen haben«, folgerte Ortwin, ohne den Blick von der Leiche zu nehmen.

»Wie könnt Ihr das wissen?« Pater Rudolphs Augenmerk schwang vom Toten zu Ortwin.

»Sein Haar.« Ortwin deutete auf das durchnässte blonde Haar, das dem Toten am Kopf klebte.

»Hat die ganze Nacht geregnet«, mischte Arnfried sich ein. Er trat an die Grube heran und kniete sich in Kopfhöhe in die feuchte Erde. Er deutete auf den Kehlenschnitt.

»Der Schnitt wurde von rechts nach links geführt.«

»Ein Linkshänder«, stellte Ortwin fest, »wie bei Eurem Mentor.«

Arnfried nickte, wollte sich erheben. Er stockte. Ein kaum zu deutender Ausdruck legte sich über seine Züge.

»Was ist das?« Beklommenheit schwang in der sonst kräftigen Stimme mit. Er streckte den Zeigefinger aus und wies auf den Oberkörper des Toten. Der Finger zitterte kaum wahrnehmbar. Ortwin trat heran und beugte sich hinab. Ein kühler Windhauch schien über seinen Körper zu gleiten. Die Brust des Mannes war nackt. Das Fleisch an einigen Stellen bereits verwest. Doch die Schnitte waren deutlich zu erkennen. Nicht tief und mit Sicherheit nicht tödlich.

Ortwin zog die Brauen zusammen. *War der Mann vor seinem Tod gefoltert worden? Wieso?* Er kniff die Augen zusammen. Die Linien und Striche waren keinesfalls willkürlich gezogen worden, wie er anfangs geglaubt hatte. Ja. Bei genauer Betrachtung formte sich aus den Linien ein Bild. Eine eiskalte Hand schien nach seinem Herzen zu greifen.

»Gütiger Himmel«, hauchte er.

»Ihr wisst, was das ist?«

»Ich kenne die Bedeutung nicht, aber ich bin mir sicher, dass es sich um Zeichen handelt.« Er schluckte und wischte Regentropfen aus dem Gesicht. »Zeichen?« Arnfried warf ihm einen kritischen Blick zu. »Vor dem Tod eingeritzt.«

»Hugos Leiche war unversehrt.«

»Dann hatte der Tote hier eine andere Bedeutung.« Ortwin erhob sich und sah sich um.

»Wer macht so etwas?«, stammelte Pater Rudolph und bekreuzigte sich erneut.

»Das kann nur die Tat eines Wahnsinnigen gewesen sein«, murmelte Falk.

»Eher besessen«, überlegte Ortwin.

»Wollt Ihr damit sagen, dass der verdammte Teufel ihm die Kehle durchgeschnitten hat?« Arnfried warf ihm einen misstrauischen Blick zu.

Er schüttelte den Kopf und holte tief Luft.

»Nicht der Teufel. Einer seiner Diener.«

Im Inneren der Kirche war es finster und kühl. Eine einzelne Kerze brannte. Kaum genug Licht, um den schmalen Raum zu erhellen. Die dicken Mauern schienen den Schein zu verschlucken. Das Gotteshaus war als Zufluchtsort für verschreckte Dorfbewohner gebaut worden. Die Wände waren massiv und es gab nur wenige Fenster, die mehr an Schießscharten erinnerten.

Der Schall seiner Schritte tönte ihm in den Ohren. Arnfried ging bis an den Altar vor. Fiel auf ein Knie und bekreuzigte sich. Es steckte kaum Ehrfurcht in der Regung, sondern Gewohnheit. Er schloss die Augen. Versuchte, die Bilder aus seinem Kopf zu vertreiben. Die halb verweste Leiche. Der Tierfraß und die Zeichen. Sie waren dem Toten in die Haut geritzt worden. Bei lebendigem Leib. Ein kalter Schauder lief ihm über die Wirbelsäule. In was war er hier hineingeraten?

Wieso? Er hörte in sich hinein. Bekam aber keine Antwort. Arnfried fühlte sich fremdbestimmt. Er hatte das Gefühl, wie ein Tanzbär auf einem vorbestimmten Weg geführt zu werden. Dieses Gefühl hatte er zuletzt in Akkon empfunden. Kurz bevor … Sein Herzschlag beschleunigte sich. Die Luft wurde ihm abgedrückt. Er wischte die Gedanken brutal beiseite. Eine Technik, die er über die Jahre zur Meisterhaftigkeit perfektioniert hatte.

»Was willst du von mir?« Es war nicht mehr als ein Flüstern. Arnfried horchte in die Stille des geweihten Ortes hinein. Nichts. Gott zeigte ihm wieder einmal die kalte Schulter.

»Dachte ich es mir doch.«

Ein unerwartetes Rascheln schreckte ihn auf. In einer fließenden Bewegung wirbelte er herum und riss das Schwert aus der Scheide. Aus dem Halbdunkel trat eine zierliche Gestalt in einem Kittel.

»Krystin.«

Das Mädchen war stehen geblieben und zusammengezuckt. »Ihr führt Waffen im Haus des Herrn?«

»Soll er heruntersteigen und es mir verbieten.« Er steckte das Schwert zurück in die Scheide.

»Das ist Blasphemie.«

»Wirst du es dem Dominikaner erzählen?«

Sie schüttelte den Kopf. Er nickte ihr zu. Selbst wenn sie zu einem der Priester gelaufen wäre, es hätte ihn nicht gekümmert.

»Ich wollte Euch bei Eurem Gebet nicht stören.«

»Hast du nicht. Wir waren hier fertig.« Er schritt an ihr vorbei und wurde von der Hand aufgehalten, die sie ihm auf den Unterarm legte.

»Bleibt und leistet mir Gesellschaft.«

Er schaute sie an. Blickte in die eisblauen Augen, die ihn offen anschauten. Das bittersüße Ziehen kehrte zurück.

»Wenn du es willst.«

Sie setzte sich auf die vorderste Bank. Arnfried nahm neben ihr Platz. Für mehrere Herzschläge schwiegen sie. Er war versucht, ihre Hand zu greifen. Er konnte sich das plötzliche Bedürfnis nach Nähe nicht erklären. Es machte ihm Angst. So nahm er sich zusammen. Weniger, weil er die Heiligkeit des Ortes nicht entweihen wollte, sondern weil er fürchtete, das Krystin aufstehen und gehen würde.

»Die Leute sagen, dass ein Toter im Wald gefunden wurde.«

Er schaute sie an. Sie blickte auf das Kreuz auf dem Altar. Ihre Miene war unbewegt. Er nickte knapp.

»Stimmt.«

»Hat ihn der Teufel umgebracht?«

Die Frage überraschte ihn nicht. Ihm war bewusst, dass sich der

Zustand der Leiche nicht lange geheim halten ließe. Für einen Lidschlag lang überlegte er, was er ihr sagen sollte.

»Wenn es so wäre, würde es mich nicht überraschen.«

»Es muss ein grausamer Anblick gewesen sein. Seid Ihr deshalb hier?«

Er war erstaunt, wie präzise sie den Nagel auf den Kopf getroffen hatte. Zum ersten Mal fehlten ihm die Worte. Unsicherheit ergriff Besitz von ihm. Arnfried wäre lieber gestorben, als sie offen zu zeigen.

»Der Mann lag mehrere Wochen und war stark verwest. Tiere haben ihn wieder ausgegraben und sich an dem verfaulten Fleisch gelabt.«

Krystin hörte ihm zu, ohne mit der Wimper zu zucken. Als sie seine Hand ergriff, geriet sein Redefluss ins Stocken.

»Weshalb wollt Ihr mich erschrecken?«

Weil du in meine Seele schaust und weißt, wie es in mir aussieht, wäre die ehrliche Antwort gewesen. Stattdessen schwieg er. Ihr Zeigefinger strich langsam über seinen Handrücken. »Du bist nicht zum Beten hergekommen.«

Krystin sah ihm in die Augen und lächelt spitzbübisch. »Nein.«

***

6.

Arnfried hatte die schmalen Hüften umfasst und zog sie mit jedem Stoß fester zu sich heran. Er keuchte, als er merkte, dass er nicht mehr lange brauchen würde. Nach drei kraftvollen Stößen ergoss er sich heiß in ihr. Erschöpft behielt er sie umklammert. Fühlte, wie seine Muskeln sich allmählich entspannten. Er blickte auf ihren, mit dünnen Schweißperlen bedeckten Rücken. Ihr zierlicher Mädchenkörper bebte mit jedem Atemzug. Krystin holte hörbar Luft und richtete sich langsam auf. Mit einem Anflug an Bedauern fühlte Arnfried, wie er aus ihr glitt. Verunsichert blickte sie ihm in die Augen. Die vollen Lippen zu einem Lächeln verzogen.

»Du kannst hier schlafen, wenn du möchtest.«

Arnfried hielt ihrem Blick für einen Lidschlag lang stand. Dann wandte er das Auge ab. Er war todmüde. Sehnte sich nach einem Bett.

»Meinst du nicht, dass es Gerede geben könnte, wenn ich morgen früh aus deiner Kate komme?«

»Für moralische Bedenken ist es ein wenig zu spät. Findest du nicht?«

Er nickte. Sie wies ihn zur Schlafstatt. Eine Strohmatratze mit einer Decke. Er streckte sich aus. Augenblicklich befiel ihn die Müdigkeit. Ungeniert schlüpfte Krystin nackt unter die Decke und schmiegte sich an seine rechte Seite. Sie bettete den Kopf auf die Schulter. Der Duft ihrer Haare stieg ihm in die Nase. Er schloss das Auge. Fühlte, wie ihr Zeigefinger über das vernarbte Gewebe seiner Haut fuhr. Dort, wo ihn der Dolch des Sarazenen getroffen hatte. Ihr Finger glitt weiter zu der Pfeilwunde und dem Schnitt. Die Berührung fühlte sich eigentümlich vertraut an. Als würde sie auch die Narben auf seiner Seele berühren.

»Warst du in vielen Schlachten?«

»Hm«, murmelte er im Halbschlaf. Sein Herz fühlte sich leicht an und das Auge schwer. Er fiel in einen seichten Dämmerzustand. Der Gestank von Blut stieg ihm in die Nase. Der beißende Geruch von Feuer hüllte ihn ein. Akkon brannte. Er brannte. Arnfried schrie und wachte auf. Draußen war es dunkel. Das Herz schlug ihm kräftig gegen die Brust. *Ein Traum,* rief er sich in Erinnerung. Er hatte nur geträumt. Krystin war ebenfalls hochgeschreckt. Sie legte behutsam den Arm um seine Schulter und schmiegte sich an ihn.

»Du hast geträumt Liebster«, flüsterte sie und küsste ihn behutsam. Sanft zog sie ihn zurück auf das Lager. Er folgte ihr. Legte sich hin und schaute an die Decke. Krystins Finger strichen durch seine Brusthaare.

»Erzähl mir von Akkon.«

»Nein.«

»Warum nicht?« Es klang weder eingeschnappt noch vorwurfsvoll.

»Nur weil ich dich besteige, heißt es nicht, dass ich dir alles sagen muss.«

Krystin überraschte ihn. Anstatt ihn kaltschnäuzig vor die Tür zu setzen, streichelte sie ihn weiter. Als sei nichts geschehen.

»Schämst du dich deiner Narben?«

»Ich sagte doch, dass ich nicht darüber sprechen will.«

»Das sagtest du.«

»Dann sei still.«

»Hilft es?«

»Was? Wenn du still bist?«

»Wenn du Leute vor den Kopf stößt. Macht es das für dich einfacher, die Schmerzen zu ertragen?«

Sein Herz schien einen Schlag auszusetzen. War es möglich, dass sie in sein Innerstes schauen konnte? Ein Schauder lief ihm über den Rücken.

»Ich weiß nicht, wovon du sprichst.«

»Angst ist keine Schwäche, weißt du? Sie kann uns stark machen.«

»Was weißt du von Angst?«

»Mehr, als du denkst.«

Ihm fielen die Männer im Wald ein.

»Entschuldige«, sagte er versöhnlich.

»Die Narben, bedeuteten sie dir was?«

»Nein. Sie lassen mich beim nächsten Kampf vorsichtiger sein.« Er blinzelte verwirrt.

»Weißt du«, sagte sie, »Narben erinnern uns nicht nur daran, dass wir verletzt wurden. Sondern auch, dass wir es überlebt haben.«

***

Drei Tage später

Erschöpft ließ Arnfried sich aus dem Sattel gleiten. Den Tag über hatte er die nähere Umgebung nach Hinweisen abgesucht. Hatte mit unzähligen Bauern, Tagelöhnern und Köhlern gesprochen. Ohne Erfolg. Selbst die Hütte des verschwundenen Köhlers hatte er auf den Kopf gestellt. Nichts. Niemand hatte etwas gesehen oder gehört. Er warf die Zügel einem herbeieilenden Jungen zu.

»Reib ihn trocken und gib ihm reichlich Hafer. Sonst zieh ich dir das Fell über die Ohren.«

Der Junge sah zu, dass er Land gewann und führte das Streitross in den Stall. Arnfried überlegte, ob er sich mit einem Krug Bier irgendwohin zurückziehen und sich voll laufen lassen sollte. Vielleicht würde er Krystin im Nachgang einen Besuch abstatten. Eine verlockende Idee. Das Mädchen war eine schüchterne aber willige Liebhaberin. Der Gedanke an ihre spitzen lustvollen Schreie und die apfelgroßen Brüste waren ausreichend, sein Gemächt zum Leben zu erwecken. Er atmete tief durch und schob die Gedanken beiseite. Jemand rief seinen Namen. Er knurrte genervt und drehte sich um. Pater Rudolph überquerte den Platz im Laufschritt und atmete schwer, als er ihn erreichte.

»Herr Arnfried, auf ein Wort.«

»Ich war gerade auf dem Weg, mich in Bier zu ertränken. Ich hoffe, dass es wichtig ist. Habt Ihr Nachricht von Pater Ortwin?« Der Dorfpriester schüttelte den Kopf. »Seit er vor zwei Tagen ins Kloster geritten ist, habe ich nichts mehr von ihm gehört.«

»Dann haben ihn unterwegs womöglich Wölfe geholt. Oder der Teufel.«

Pater Rudolphs Gesicht wurde kreideweiß. Hastig bekreuzigte er sich. »Ich beschwöre Euch, sagt so etwas nicht.«

»Das Bier, Pater.«

Der Priester trat von einem Fuß auf den anderen und mied den direkten Augenkontakt.

»Es«, er legte eine Pause ein, »geht um Krystin.«

»Ist was mit ihr?«

»Sie ist wohlauf.« Arnfried atmete erleichtert aus. Der Priester warf ihm einen misstrauischen Blick zu.

»Sie ist Euch nicht gleichgültig, oder?«

Nein, wäre die ehrliche Antwort gewesen. Aber er dachte nicht daran, dem Priester das Herz auszuschütten. Daher zuckte er mit den Schultern.

»Sie ist 'n hübsches Ding.«

»Das Ihr zur Unzucht verführt habt.«

Arnfried verzog die Lippen zu einem süffisanten Grinsen. »Ihr habt uns gehört?«

»Es war kaum zu überhören. Ihr solltet Euch schämen.«

»Ich sehe dafür keine Veranlassung, Pater.« Er zuckte gleichmütig mit den Schultern.

»Wo bleibt Euer Anstand, Mann?« Pater Rudolph hatte sichtlich Mühe, seinen Zorn im Zaum zu halten, was Arnfried eher amüsierte, als erschreckte.

»Sagt nicht, dass Ihr sie auch besteigen wollt?«

»Was!« Blut schoss dem Priester in die Wangen. »Wie könnt Ihr …?« Er ließ den Satz unvollendet und atmete durch.

»Dann geht es Euch einen feuchten Ziegenschiss an, mit wem sie das Lager teilt.«

»Sie hat großen Schrecken erlebt und verdient es, nicht wie eine Hure behandelt zu werden.«

Er zog die Brauen zusammen. »Was wisst Ihr davon? Sie sagte mir, dass sie sich an nichts erinnert.«

»Ihre Familie starb vor zehn Jahren bei einem Überfall. Sogar ihren kleinen Bruder haben sie getötet. Diesen Verlust hat sie nie überwunden.«

»Woher wollt Ihr das so genau wissen? Sie wurde im Wald gefunden.«

»Mein Vorgänger, Pater Michael, notierte den Vorfall. Ich habe seine Aufzeichnungen gefunden. Köhler haben Krystin inmitten der Ruine ihres väterlichen Hofes gefunden. Sie haben ihn bis auf die Grundmauern niedergebrannt, hieß es.«

»Wer sind sie, Pater?«

»Die Männer des Grafen von Trossen.«

»Nie gehört.«

»Seine Burg wurde durch ein Feuer verheert. Es heißt, dass er in den Flammen umgekommen ist.« Der Pater strich geistesabwesend über die Brandnarbe.

»Schätze, dass der Bastard das bekommen hat, was er verdient.«

»Burkhard von Trossen war eine gebrochene Seele.«

»Klingt für mich, als ob er ein verdammter Scheißkerl war.«

Pater Rudolph räusperte sich.

»Was ich eingangs sagen wollte, ist, dass Krystin etwas für Euch empfindet. Ich bitte Euch, nutzt diese Gefühle nicht zur Befriedigung Eurer Fleischeslust aus.«

»War's das?«

»Nein. Wenn Ihr die Unzucht fortführt, kann ich sie unmöglich weiter beschäftigen.«

»Wollt Ihr mir drohen, Pater?« Arnfried verengte das Auge zu einem Schlitz und presste die Lippen zusammen. Der Geistliche wich unwillkürlich einen halben Schritt zurück.

»Ich zeige lediglich …« Ein Schrei unterbrach die Unterredung. Arnfried wandte den Kopf und sah, wie der Schulze auf sie zu lief.

»Ist was geschehen?«

Der Mann rang keuchend nach Atem. »Mein Junge ist verschwunden.«

»Wie kommt Ihr darauf?« Pater Rudolph hatte das Wort zuerst ergriffen.

»Ich kann ihn nirgends entdecken. Niemand hat ihn gesehen.«

»Jungs ziehen in dem Alter los. Er wird sicher wieder auftauchen.« Arnfried klopfte dem Schulzen auf die Schulter.

»Friedrich ist seit sechs Stunden weg. Ich flehe Euch an, ihn zu suchen.«

Arnfried dachte an das Bier und seufzte. »Wisst Ihr, wo er hin wollte?«

»Ich habe ihm verboten, das Dorf zu verlassen.«

»Er wird doch sicher Freunde haben, die etwas wissen?«

»Eberhard, der Sohn des Müllers. Aber ich habe ihn schon befragt. Er weiß nichts.«

»Das werden wir sehen«, brummte Arnfried.

»Ihr habt den Schulzen gehört. Der Junge weiß nichts. Wir können nur für Friedrich beten.« Pater Rudolph bekreuzigte sich. Arnfried schnaubte verächtlich aus.

»Wenn junge Kerle sich etwas verschweigen, dann weil einer die Frau des anderen besteigt.«

»Mein Sohn ist neun.«

Arnfried zog die Brauen zusammen. »Dann weiß der Bengel des Müllers, wo Friedrich hingegangen ist.«

Die Mühle befand sich am Rande des Dorfes in unmittelbarer Nähe zum Weihbach. Ein Mühlrad, das Arnfried um zwei Häupter überragte, drehte sich gemächlich im Strom des Wasserlaufs. Zwei Knechte waren damit beschäftigt, Säcke auf einen Handkarren zu laden, als Arnfried gemeinsam mit Pater Rudolph und dem Schulzen eintrafen.

»Hol mir den Müller und seinen Ältesten her«, rief Arnfried einem der Knechte zu. Die Jünglinge hoben die Köpfe, ohne ihre Arbeit zu unterbrechen.

»Sprech' ich Latein, Mann? Hol den Müller und seinen Sohn, bevor ich dir deine stinkenden Zähne in die Nase schiebe.«

»Ich bin mir nicht sicher, ob Drohungen uns hier weiterhelfen«, gab Pater Rudolph zu bedenken. Arnfried wies mit dem Kinn auf den Knecht, der vom Karren sprang und in die Mühle lief.

»Angst bewirkt zuweilen auch Wunder, Pater.«

Eher der Priester etwas erwidern konnte, trat ein breitschultriger Hüne vor die Tür, gefolgt von dem Knecht.

»Was fällt Euch ein, meinen Knecht zu bedrohen?«

»Wo ist dein Junge?«, brummte Arnfried.

»Ich wüsste nicht, was Ihr mit Hanno zu schaffen hättet.«

»Es geht um Friedrich. Er ist verschwunden«, mischte sich der Schulze ein.

Der Müller nickte und zog die Luft hörbar durch die Nase ein.

»Hanno hat mir erzählt, dass du ihn bereits gefragt hast. Er hat dir bereits gesagt, was er weiß.«

»Das glaube ich nicht«, erwiderte Arnfried an des Schulzen statt. Die Augen des Hünen zogen sich zu schmalen Schlitzen zusammen.

»Ihr nennt meinen Sohn einen Lügner?«

»Das tue ich.« Arnfried stemmte die Hände in die Hüften und warf dem Müller einen kühlen Blick zu.

»Schert Euch zum Teufel«, knurrte der Hüne und wollte sich abwenden.

Arnfried packte den Müller bei der kräftigen Schulter.

»Ich habe Euch nicht erlaubt zu gehen. Hol mir deinen Jungen her, oder ich tue es selbst.«

»Ich bitte euch, haltet Frieden.« Pater Rudolph trat zwischen die Männer, »wir wollen deinem Jungen kein Leid zufügen, Hanno. Vielleicht weiß er etwas über Friedrichs Verschwinden, ohne sich dessen bewusst zu sein?«

»Mein Sohn hat alles gesagt, was er weiß.«

»Ich flehe dich an, Hanno. Denk auch an meinen Jungen.«

Der Müller musterte den Schulzen für einen Herzschlag lang, ehe sein Blick zu Arnfried glitt.

»Rainer, hol Hanno her.«

»Aber Herr ...«

»Bist du taub, Mann?«

Rainer machte auf dem Absatz kehrt und stob davon. Wenig später kehrte er in Begleitung eines etwa dreizehn Sommer alten Jungen von kräftiger Statur zurück.

»Was weißt du über Friedrichs Verschwinden?« Der Müller warf seinem Sohn einen knappen Blick zu.

»Nichts.«

»Er hat dir nicht erzählt, wohin er wollte?« Arnfried trat auf Hanno zu und baute sich vor ihm auf.

»Nein, Herr.« Der Junge schüttelte den Kopf, vermied es aber, Arnfried anzusehen.

»Gottverfluchter Bengel, lüg mich nicht an.« Seine Hand schoss vor und verpasste Hanno eine schallende Ohrfeige. Der Müller wollte auf Arnfried losgehen, doch der hatte bereits sein Jagdmesser gezogen.

»Bleib, wo du bist.«

»Herr Arnfried«, rief Pater Rudolph erschrocken, »steckt das Messer weg. Ich flehe Euch an.«

Dieser ignorierte den Pater und schob die Klinge vor Hannos Augen. »Du hast sicherlich von dem Toten gehört, den wir im Wald gefunden haben? Ihm wurden die Augen rausgeschnitten. Willst du, dass Friedrich dasselbe Schicksal ereilt?«

Hanno schüttelte den Kopf.

»Dann sag mir, wo er hingegangen ist.«

»Zu einem verfallenen Hof im Wald, Herr.«

»Was wollte er dort?«

»Er sagte, dass es dort eine Heilpflanze gibt, die seine Mutter wieder gesund macht.«

»Heiliger Jesus«, schluchzte der Schulze.

»Kannst du mir den Weg beschreiben?«

Der Junge nickte.

»Warum bist du nicht gleich mit der Sprache rausgerückt?« Arnfried steckte das Messer weg.

»Ich musste es schwören, Herr.« Er warf einen Blick zu Pater Rudolph. »Die Pflanze ist heidnische Medizin.«

»Du hast deinen Eid nicht gebrochen. Ich habe dich gezwungen.« Er fuhr Hanno mit der Hand über das blonde Haar.

Schwarzwald

Die Bäume warfen lange Schatten, als er sein Ziel erreichte. Das Gehöft war nicht mehr als eine Ruine und lag auf einer überwucherten Waldwiese. Ein schmaler Bach befand sich zwischen ihm und den Überresten der Gebäude. Er wand sich durch das Unterholz und verschwand in den Tiefen des Waldes. Sein Auge wanderte über die Lichtung. Sämtliche Häuser waren bis auf die Grundmauern niedergebrannt. Die Natur hatte begonnen, den Ort wieder für sich zu beanspruchen.

Von dem Jungen indes war nichts zu sehen. Er beugte sich hinab und nahm den Boden in Augenschein. Schuhabdrücke. Frisch. Jemand war vor kurzem hier gewesen. Er stützte sich auf den Sattel und zuckte zusammen. Eine Krähe war schreiend von ihrem Ast aufgestiegen. Er folgte ihrem Flug mit seinem Blick und stutzte. Vor dem Haupthaus stand ein Handkarren. Er war weder verbrannt, noch mit Moos und Farn bewachsen.

Langsam stieg er ab und zog das Schwert. Er klopfte dem Tier auf den kräftigen Hals. In halbgeduckter Haltung näherte er sich dem Karren. Darauf bedacht, im Schatten der Bäume zu bleiben. Mit klopfendem Herzen erreichte er das Gefährt. Dunkle Flecken bedeckten die Ladefläche. Augenblicklich wusste er, was er dort sah. Hatte es unzählige Male zuvor gesehen. Getrocknetes Blut. Er verstärkte den Griff um die Waffe und kniff das Auge zusammen.

War da was? Arnfried hörte angestrengt in die Stille hinein. *Da war es wieder.* Ein leises Wimmern. Er versuchte, flacher zu atmen. Die Laute kamen aus dem Wohnhaus. Dem einzigen Gebäude, das noch halbwegs intakt war. Vor dem sich der Karren befand. Er umrundete die Ruine, so lautlos es ihm die Rüstung gestattete. Auf der rückwärtigen Seite lehnte er sich gegen die Wand und spähte durch eines der Fenster.

Er konnte die Umrisse von zerstörtem Mobiliar erkennen. Zwischen dem Unrat, der den Boden bedeckte, erkannte er noch etwas. Eine Gestalt. Zusammengekauert in der hintersten Ecke. Sonst war niemand zu entdecken. Etwas musste den Jungen verängstigt haben. *Ein Tier?* Er hörte das Knacken zu spät. Arnfried fuhr herum. Der Schlag traf ihn im Nacken. Dann versank seine Welt in eine tiefe Schwärze.

St. Ulrich

Ortwin lehnte sich zurück und griff nach dem Becher. Er trank einen tiefen Schluck und genoss das fruchtige Aroma des Weines. Er war in seinen Untersuchungen keinen Schritt vorangekommen. Alles, was er in Erfahrung gebracht hatte, war die tragische Geschichte des letzten Grafen von Trossen. Nach dem Tod von Weib und Sohn war der Graf in Düsternis gefallen. Er suchte seine Dörfer heim. Brannte sie nieder und tötete die Bauern. Auch reisende Kaufleute waren vor ihm nicht sicher. Binnen kürzester Zeit war er zu einer wahren Landplage geworden. Als er anfing, die Ländereien seiner Nachbarn zu verheeren, kam es zum Krieg.

Bevor sie Trossen belagern und schleifen konnten, brannte die Burg unter geheimnisvollen Umständen nieder. Viele waren in dieser Nacht den Flammen zum Opfer gefallen. Die Überlebenden hatten sich bei Nacht und Nebel in alle Winde zerstreut. Die Leiche des Grafen war nie gefunden worden. Er sei, hieß es, bis zur Unkenntlichkeit verbrannt. Andere behaupteten, er habe das Feuer selbst gelegt, um unerkannt zu fliehen.

Konnte es einen Zusammenhang geben zwischen dem schrecklichen Ende des Grafen von Trossen und dem Mord an Abt Heinrich? Ortwin wusste es nicht und seufzte. Es war, als hindere ihn eine finstere Macht daran, Licht in die Angelegenheit zu bringen. Er stellte den Becher auf den Tisch und sah sich in der Kammer um. *Diese Mauern*, dachte er sich, *kennen die Wahrheit*.

Sein Blick wanderte über den Arbeitsplatz des Abtes. Ihm stach das goldene Kreuz ins Auge. Es schien nicht zum Rest der schlichten Einrichtung zu passen. Im Gegensatz zu vielen anderen Kirchenfürsten schien Abt Heinrich das Gebot der Armut ernst genommen zu haben. Ortwin schloss die Augen. Rieb sich mit der

Hand über den verspannten Nacken.

All die vielen Stunden vor dem Schreibpult würden sich eines Tages rächen. Ihm war, als könne er den Buckel bereits fühlen. Er beschloss, die Arbeit für den Augenblick ruhen zu lassen und neue Kraft aus dem Gebet zu schöpfen. Ein ausgedehnter Spaziergang im Kreuzgang würde ihm sicher gut tun. Später würden die Bücher auch noch hier sein.

Er erhob sich und stieß mit der Hüfte gegen den Tisch. Seine Hand schnellte vor. Vergebens. Das Kreuz fiel zu Boden und zerbrach auf den Dielen.

Gütiger Himmel. Er eilte um die Tischplatte herum und bekreuzigte sich. Das Kreuz war unterhalb des Querbalkens in zwei Teile zerbrochen. War das ein Omen? Sein Herz beschleunigte sich. Er kniete sich neben das Resultat seiner Unachtsamkeit und inspizierte den Schaden. Ein Goldschmied wäre womöglich in der Lage … Er stockte. *Was war das?*

Dort, wo der Querbalken befestigt war, befand sich ein Hohlraum. War der Abt einem Schwindel aufgesessen? Oder steckte da mehr dahinter? Mit zittrigen Fingern griff Ortwin nach dem zerbrochenen Kreuz. Die Auslassung war ohne Zweifel absichtlich eingearbeitet worden. *Und das?* Er hob den Längsbalken näher an die Augen heran. Winzige Ausbuchtungen. *Konnte es sein?*

Er nahm die obere Hälfte und betrachtete sie. Ja. Dort im Inneren befanden sich Einbuchtungen in gleicher Größe. Ein Schließmechanismus. Einfach aber wirksam. Das Kreuz war ein Versteck!

Mit klopfendem Herzen schob Ortwin behutsam den kleinen Finger in die Öffnung des Unterteils. Da war etwas. Behutsam zog er den Finger zurück. Zum Vorschein kam eine zusammengerollte Pergamentseite. Ein heißes Glühen erfüllte ihn. Sein Atem beschleunigte sich. Er lief zu dem Stuhl und entrollte die Schriftstücke.

Ein hastiger Blick brachte Gewissheit. Eine vom Abt verfasste Notiz, die er am Tage seines Todes geschrieben hatte. Datierung und Schriftbild ließen keine Zweifel zu. Die Tinte war an manchen Stellen verschmiert und einige der Buchstabe waren erst auf den zweiten Blick zu entziffern.

Er muss in großer Eile gewesen sein, fuhr es Ortwin durch den Kopf. Hatte er eine Ahnung, dass er nicht mehr lange leben würde? Rasch griff er nach dem Wein und trank einen kräftigen Schluck. Dann begann er zu lesen:

Ich schreibe diese Zeilen in dem Wissen, dass mein Leben in Gefahr ist. Doch die Nachwelt muss erfahren, was ich entdeckt habe, für den Fall, dass meine schlimmsten Befürchtungen zutreffen. Der Leibhaftige geht in den Wäldern der Grafschaft umher. Seine Diener greifen nach den Lebenden. Um ihre unsterblichen Seelen dem Fürsten der Hölle zu opfern.

Anfangs habe ich keinen Zusammenhang gesehen. Doch das schwarze Buch gab mir Klarheit. Dort ist das Ritual beschrieben. Gott Allmächtiger, schütze deine Kinder vor der Hand des Satans. Der Neumond ist der Schlüssel. Zu diesem Zeitpunkt geschehen die Taten und die Menschen verschwinden spurlos. Um nie wieder aufzutauchen. Bisher waren es ein Jude, die Tochter eines Bauern, der Sohn des Schmieds, ein Knecht und ein Köhler.

Der Ungläubige, die Jungfrau, der Knabe, die Hure, der Dieb und der Ehebrecher. Gemäß den Aufzeichnungen fehlen der Selbstlose und das Gefäß. Der dunkle Ritus dient dem Zweck, die Seele eines Toten in einen lebenden Körper einzupflanzen. Eine Perversion der Unbefleckten Empfängnis. Sechs Seelen fordert Satan im Tausch. Möge Gott mir die Kraft schenken, Schlimmeres zu verhindern. Die Zeit ist knapp. Neumond naht.

Jeder in der Grafschaft, auf den die Kriterien passen, könnte das nächste Opfer sein. Ich habe Hugo von Steinbach geschrieben und um Hilfe gebeten. Ich kenne ihn aus dem Heiligen Land. Er sagte mir sein Kommen zu und würde

einen weiteren Ordensbruder mitbringen. Ich bete zu Gott um eine sichere Reise.
Möge er mir Erleuchtung schenken, den Mörder zu finden.

Ich hege den schrecklichen Verdacht, dass es sich um einen Zirkel von Teufel-
sanbetern handelt. In dieser Sache habe ich mich an Pater Rudolph aus Weih-
bach gewandt. Ich habe ihn von meinem Verdacht berichtet und mein Kommen
angekündigt. Ich ende mit dem innigen Glauben, dass der Herr seine schützende
Hand über mich hält.

Ortwin starrte auf den Brief. Ihm war, als würde der Abt aus dem
Grab heraus zu ihm sprechen. Eine Warnung aus dem Reich des
Todes. Satan wandelte unter den Menschen. Teufelsdiener, die ihm
halfen. Er blickte aus dem Fenster. Der Mond begann sich zu ver-
dunkeln. In wenigen Tagen war Neumond. Dann würde es einen
weiteren Mord geben.

Arnfrieds Schädel dröhnte. Ihm war, als wäre eine Rotte Wild-
schweine darüber getrampelt. Mund und Kehle waren trocken. Ein
metallischer Geschmack lag ihm auf der Zunge. Jedes Schlucken
verursachte kratzende Schmerzen.

Er öffnete das Auge. Die Welt um ihn herum war düster und ne-
belhaft. *Was war geschehen?* Er versuchte, den Kopf zu drehen. Sich
einen Überblick über die Lage zu verschaffen. Vergebens. Er konnte sich nicht bewegen. Auch Arme und Beine gehorchten seinem
Willen nicht. Panik stieg in Arnfried auf. Der niedergebrannte Hof
tauchte aus den Nebeln seiner Erinnerung auf. Er wusste noch, wie
er durch das Fenster gespäht hatte. Dann war ihm schwarz vorm
Auge geworden.

Die Erkenntnis traf ihn wie einen weiteren Schlag. Er war in eine
Falle gelaufen. Sein Herzschlag beschleunigte sich. Ihm zog sich der
Magen zusammen und ihm wurde übel. *Ausgeliefert*, schoss es ihm

durch den Kopf. Stimmenfetzen drangen an sein Ohr. Scheinbar aus weiter Ferne. Er konzentrierte sich. Versuchte zu verstehen, was sie sagten.

Der gleißende Lichtschein einer Fackel, die ihm unmittelbar über das Gesicht gehalten wurde, blendete ihn. Er kniff das Auge zu. Fühlte, wie die Hitze der Flammen nach Haut und Haaren leckten. Schweiß lief ihm seitlich über die Schläfen. Das Feuer. Die Hitze.

Akkon. Er bäumte sich auf. Stemmte sich gegen die Fesseln und schrie. Ohne Erfolg. Er konnte sich nicht bewegen. Konnte den Flammen nicht entkommen.

»Deine Gegenwehr ist zwecklos. Du kannst dich nicht befreien. Du bist in Satans Fängen.« Ein freudloses Lachen ertönte. *Die Stimme.* Er kannte die Stimme. Er hatte sie erst kürzlich gehört. *Aber wo?* Es fiel ihm nicht ein. Panik und Todesangst hielten ihn in einem festen Würgegriff. Ein Rauschen war zu hören und die Hitze verschwand. Arnfried zwang sich das Auge zu öffnen. Er befand sich in einem Raum. Über ihm funkelten Sterne. Das Dach fehlte und gab den Blick in den Nachthimmel frei.

Die Fackel, die ihm um ein Haar die Haut versengt hätte, warf ihr flackerndes Licht an die Wände. In sein Sehfeld ragten die verkohlten Stümpfe der Dachbalken. Eine Gestalt in einer schwarzen Kutte beugte sich über ihn. Das Gesicht lag im Schatten einer Kapuze verborgen.

»Sag uns, was du und der Pater entdeckt habt und ich verspreche dir einen schnellen Tod.«

»Fahr zur Hölle.«

Die Gestalt lachte höhnisch.

»Ich hatte gehofft, dass du das sagen würdest.« Die schmale Klinge eines beidseitig geschliffenen Dolches erschien. Die Spitze war auf das gesunde Auge gerichtet. Arnfrieds Atem ging stoßweise.

Ihm schlug das Herz bis zum Hals. Er biss die Zähne zusammen, um vor Angst nicht loszuschreien.

»Der alte Templer war ebenso stolz wie du. Bis wir ihm den ersten Augapfel aus der Höhle geschnitten haben. Er hat geschrien wie eine Jungfrau im Bett und hat sich die Hosen vollgepisst. Wie schade, dass du nur noch eins übrig hast.«

»Ihr verfluchten Teufelsknechte. Dafür werdet ihr in der Hölle schmoren.« Er sammelte das Wenige, was er an Spucke hatte. Zielte und rotzte. Der Mann zuckte zurück, holte aus und schlug ihm die Faust mitten ins Gesicht. Sterne zerbarsten vor Arnfrieds Auge. Ein pochender Schmerz erfüllte seinen Kopf. Blut begann sich im Mund zu sammeln.

»Du wirst langsam sterben, Templer. Zuerst wirst du geblendet. Dann schneiden wir dir den Schwanz ab und lassen dich langsam ausbluten.« Der Teufelsdiener legte eine künstliche Pause ein, um seinen Worten mehr Gewicht zu verleihen. »Sag uns, was der Priester weiß, und ich stech' dir ins Herz. Du wirst nichts merken.«

Arnfried schloss das Auge und versuchte durch die Panik hindurch einen klaren Gedanken zu fassen. Der Tod war unausweichlich. Lediglich das *wie* stand zur Debatte. Sein Innerstes flehte ihn an, das schnelle Ende zu wählen. Doch er wusste, dass es bei einem Wunsch bliebe. Im Tod, wie im Leben. Er war kein Feigling und würde nicht um sein Leben betteln. Der Gedanke, furchtlos zu sterben, gab ihm Kraft. Er schluckte hart und atmete hörbar aus.

»Ich sagte bereits, dass du zur Hölle fahren sollst.«

»Wie du willst.« Der Mann winkte einen schwarz gewandeten Diener zu sich. In der Hand trug er eine rötlich orange glühende Metallstange.

»Zeit zu leiden, Templer.«

7.

Mit klopfendem Herzen stieg Ortwin die Treppe des Abthauses hinab. Er fühlte den Schlag bis zum Hals. Eine innere Ruhelosigkeit trieb ihn an. Der lang ersehnte Hinweis war die ganze Zeit vor seiner Nase gewesen. Zum Greifen nah. Der Abt musste gewusst haben, dass sein Leben in Gefahr war und hatte die Aufzeichnungen versteckt. Außerhalb der Reichweite seiner Mörder.

Seine Hände zitterten. Er musste schleunigst nach Weihbach. Pater Rudolph würde einige Fragen beantworten müssen. Ortwin trat vor die Tür und ging in Richtung der Ställe. Es dämmerte. Nicht mehr lange und die Glocke der Klosterkirche würde zum Komplet läuten. Hoffentlich hatten Falk und Hartmann die Pferde gesattelt. Sie durften keine Zeit verlieren.

Er beschleunigte die Schritte und blickte sich suchend um. Der Hof war wie leer gefegt. Aus der Schmiede drang das singende Klopfen des Hammers. Ortwin passierte das Skriptorium. Die Handwerker hatten die Arbeit bereits eingestellt. Die Baustelle lag verlassen da. Auf der gegenüberliegenden Seite des Hofs traten die Waffenknechte aus dem Stall. Die gesattelten Pferde führten sie mit sich. Falk schaute zu ihm herüber und hob grüßend die Hand. Ortwin erwiderte den Gruß und setzte den Weg fort, als ein kratzendes Geräusch ertönte.

Einem inneren Impuls folgend, schaute er nach oben. Sein Herz setzte einen Schlag aus. Instinkt ergriff Besitz von ihm und erfüllte die gelähmten Muskeln mit Leben. Er sprang zur Seite. Kam hart auf und stöhnte. Dort, wo er noch vor wenigen Lidschlägen gestanden hatte, war ein Mauerstein aufgeschlagen. Er verzog das Gesicht. Ein stechender Schmerz strahlte von der rechten Seite aus in den gesamten Körper.

»Herr, seid Ihr verletzt? Geht es Euch gut?« Falk kam angelaufen und blickte ihn von Sorge erfüllt an. Ortwin winkte ab.

»Ich bin am Leben. Gütiger Himmel. Um ein Haar hätte mich der Herr zu sich gerufen.«

»Wie konnte das passieren?« Falk sah am Gerüst hinauf und kniff die Augen zusammen. Er folgte dem Blick.

»Ich bin mir nicht sicher. Aber ich glaube, ich habe dort oben einen Schatten gesehen. Kurz bevor ich zur Seite sprang.«

»Einen Schatten, Herr? Wollt Ihr damit sagen …«

»Jemand wollte mich ermorden.«

Schwarzwald

Der Geschmack von Blut breitete sich in seinem Mund aus. Er konnte fühlen, wie es ihm warm über die Lippen floss. Tief in seinem Inneren pochte ein gleichbleibender Schmerz, den Arnfried nur beiläufig wahrnahm. Sein Blick war auf das orange glühende Stück Metall fixiert, das sich langsam seinem gesunden Auge näherte.

Nicht Schreien. Jesus Christus, gib mir Kraft. Fortwährend wiederholte er die stumme Bitte. Jeder Muskel in seinem Körper spannte sich an. Die Angst vor den bevorstehenden Qualen trieb seinen Verstand an die Grenze des Belastbaren. Arnfried zog und zerrte an den Fesseln. Vergebens. Er konnte sich nicht bewegen. Konnte dem Schürhaken nicht entkommen. Der Teufelsdiener hielt ihm das sengende Metall einen Fingerbreit vors Gesicht. Die Hitze war unerträglich. Arnfried spürte ein Brennen auf der Haut. Roch den Gestank von verkohltem Fleisch. *Akkon.* Er schrie. Zog unter höhnischem Lachen seiner Peiniger den Kopf zurück.

»Was weiß der Dominikaner?«

Schweißtropfen rannen Arnfried über die Schläfen. Todesangst lähmte ihm die Sinne. Eine innere Stimme flehte ihn an zu sprechen. Er öffnete den Mund, brachte aber keinen Ton hervor. Es war, als würde eine unsichtbare Hand ihm die Kehle zudrücken. Alles, was er hervorbrachte, war ein ersticktes Keuchen. So sehr er sich nach dem schmerzfreien Tod sehnte, so wenig wollte er als Verräter sterben.

»Wie es scheint, müssen wir dich eindringlicher befragen. Stoß zu.«

Arnfrieds Herz schien einen Schlag auszusetzen. Er schloss das Auge und hielt die Luft an. Fingernägel gruben sich in die Handfläche. Der Kopf schob sich zwischen die Schultern. Die Zeit schien stillzustehen.

Lidschläge wurden zu Stunden. Doch das schneidende Beißen blieb aus. Stattdessen drang ein röchelndes Gurgeln an sein Ohr. Irgendetwas fiel polternd zu Boden. Hektische Rufe ertönten. Überrascht öffnete er das Auge. Der Folterknecht stand noch immer vor ihm. In seiner Brust steckte ein Bolzen. Ungläubig starrte der Mann auf den kurz gefiederten Schaft. Er taumelte einen Schritt rückwärts. Dann versagten ihm die Beine den Dienst. Schwerter wurden gezogen. Kampfgebrüll ertönte. Arnfried wandte den Blick, soweit es ihm möglich war, zum Eingang. Ein halbes Dutzend Männer waren mit gezogenen Klingen in den Raum gestürmt.

Einer von ihnen spannte eine Armbrust und legte einen Bolzen ein. Schreie ertönten. Männer fielen zu Boden. Der Anführer der Teufelsdiener sprang an den Tisch heran, auf dem Arnfried lag. In der Hand einen Dolch. Bereit zuzustechen.

»Stirb, du verfluchter Bastard.« Er holte aus und hielt mitten der Bewegung inne. Langsam blickte er an sich herab. Die blutverschmierte Spitze eines Schwertes ragte ihm aus der Brust. Er öffnete den Mund. Anstelle von Worten drang ihm Blut über die Lippen. Ein gurgelndes Geräusch ertönte, als die Klinge mit einem Ruck befreit wurde. Der Mann ging lautlos zu Boden.

Hinter ihm tauchte Falk auf. Blut troff von der Klinge, mit der er den Mann gefällt hatte, auf den Boden. Ohne ein weiteres Wort zu verlieren, wandte er sich dem nächsten Teufelsdiener zu, der aus einem offenen Fenster fliehen wollte. Ein Schatten trat in Arnfrieds Sichtfeld und verwehrte ihm die Sicht auf das Geschehen. Ein schriller Schrei erklang, der von dem jähen Ende der Flucht zeugte. Er blinzelte das Blut des Satanisten aus seinem Auge. Verschwommene Konturen nahmen Form an. Vor ihm stand Ortwin. In der Hand einen Dolch.

»Der Herr allein weiß, warum du mir lebend nützlicher bist, als tot.« Er zerschnitt die Fesseln und warf die Waffe fort. Der Kampf war vorbei. Keiner der Teufelsdiener hatte überlebt. Falk und Hartmann wischten ihre Klingen an den dunklen Roben ab, während die übrigen Männer die Toten durchsuchten.

»Seid Ihr verletzt?« Ortwin musterte ihn abschätzend.

Ja, wäre die wahrheitsgemäße Antwort gewesen. Er fühlte sich einer Ohnmacht nahe. Fühlte den nassen Stoff der Hosen im Schritt und wusste, dass er das glühende Eisen sehen würde, sobald er das Auge schloss. Wahrscheinlich für den Rest seines Lebens.

»Nein.«

»Wisst Ihr, wohin der Junge gebracht wurde?«

»Ihr wisst davon?« Arnfried schaute Ortwin verwundert an.

»Der Schulze hat es mir erzählt. Ihm verdankt Ihr Euer Leben.«

Arnfried richtete sich auf und rieb die tauben Handgelenke. »Danke«, murmelte er in Ortwins Richtung.

»Weshalb habt Ihr nicht auf mich gewartet? Mir keine Nachricht geschickt?«

»Ich hatte keine Zeit und musste eine Entscheidung treffen.«

»Die Euch um ein Haar das Leben gekostet hätte.«

Bevor er darauf antworten konnte, kam Hartmann ihm zuvor.

»Er ist nicht unter den Toten, Herr.«

Arnfried schaute Ortwin fragend an. »Wer?«

»Pater Rudolph.«

»Weshalb sollte er hier sein?« Arnfried zog die Brauen zusammen und warf dem Priester einen fragenden Blick zu. »Er ist verschwunden.«

»Ihr haltet ihn für den Mörder?« Er blinzelte ungläubig.

»Ich ziehe es in Betracht, ja.«

»Was macht Euch so sicher?«

»Er war nicht im Dorf, als wir nach Euch suchten.«

»Das ist kein Beweis.«

»Es gibt weitere Gründe, die ich Euch auf dem Weg erklären werde. Wir haben keine Zeit zu verlieren.«

Arnfried schaute sich um.

»Die verfluchten Bastarde liegen alle hier. Bis auf den, den Falk abgestochen und aus dem Fenster geworfen hat.«

»Die Diener ja. Der schwarze Priester fehlt.«

Arnfried blickte zu Boden. Dorthin, wo der Mann lag, den er für den Anführer der Satanisten gehalten hatte. Die Kapuze war ihm aus dem Gesicht gerutscht. Die grünen Augen weit aufgerissen, starrte Kraft von Ahlingen ins Leere.

Weihbach

Der Riegel brach mit einem deutlich hörbaren Knacken. Die Tür wurde unter Falks und Hartmanns Gewicht nach innen gedrückt. Krachend schlug sie gegen die Wand. Durch die Wucht des Anlaufs wurden die Waffenknechte in den Raum geschleudert. Arnfried folgte ihnen mit gezogenem Schwert.

Die Kate war finster. Aber hell genug, um zu erkennen, dass sich hier niemand befand. Falk, der mittlerweile wieder auf den Füßen stand, das Schwert in der Hand, sprang zum Vorhang und zog ihn brutal beiseite.

Das Bett war leer.

»Er ist nicht hier, Herr«, rief er zum Ausgang, wo Ortwin zusammen mit dem Schulzen wartete. Arnfried knurrte frustriert, steckte das Schwert in die Scheide und ging zur Kochstelle. Er legte die Hand an den Kessel, der an einem Haken über der Feuerstelle hing. »Er kann noch nicht lange weg sein. Der Kessel ist noch warm.« Greller Feuerschein einer Fackel erhellte die unmittelbare Umgebung. Ein leises Zischen ertönte, als der Schulze sie durch den Raum schwenkte.

»Er wusste, dass wir kommen.« Ortwin war hinzugetreten und ließ die Augen durch das Zimmer wandern.

»Das bedeutet nicht, dass er was mit den Morden zu tun hat«, brummte Arnfried.

»Deshalb war es mir wichtig, ihn zu befragen«, entgegnete der Pater kaltschnäuzig und wandte den Blick von ihm ab.

»Wollt Ihr damit andeuten, dass es meine Schuld ist?« Ortwin stieß einen gequälten Seufzer aus.

»Das sind Eure Worte, nicht meine.«

»Aber Ihr denkt es.«

»Ich denke«, erwiderte Ortwin und drehte sich zu ihm um, »dass wir womöglich die einzige Gelegenheit verpasst haben, Licht ins Dunkel zu bringen.«

»Es hat Euch niemand gezwungen, mich zu retten.«

»Ich hätte Euch kaum Eurem Schicksal überlassen können.«

»Dann beklagt Euch nicht.«

»Was sollte ich Eurer Meinung nach sonst tun? Mein Hauptverdächtiger ist verschwunden. Womöglich auf halbem Weg nach Frankreich.«

»Es ist nicht erwiesen, dass Pater Rudolph was mit der Sache zu tun hat.« Er wusste, wie wenig überzeugend sein Argument klang. Er glaubte es selbst nicht einmal. Er brachte lediglich die stille Hoffnung zum Ausdruck, dass er keine Schuld an den Geschehnissen trug. Angriff war in seinem Fall die beste Verteidigung. Ortwin wollte darauf antworten, als Hartmann sich meldete.

»Herr. Seht.«

Ihre Köpfe drehten sich zeitgleich in die Richtung, aus der der Waffenknecht gerufen hatte. Er hielt ein Holzkästchen empor. Arnfried warf einen prüfenden Blick hinein.

»Eine Locke, ein rotes Stoffband, Kreuz und ein Ring.«

Ortwin runzelte die Stirn. »Dinge, die den Opfern gehört haben könnten. Manche Mörder behalten Trophäen. Wo hast du das gefunden?«

»Es war hinter dem Wein versteckt, Herr.«

»Und ich habe das hier unter dem Bett gefunden.« Falk hielt ein Stück Stoff in die Luft. Arnfried kniff das Auge zusammen. Ein Kleidungsstück. Ein Umhang? Die Konturen des dunklen Stoffs waren in dem schwachen Licht kaum zu erkennen.

»Ich habe es unter der Strohmatratze gefunden.«

Der Schulze hielt die Fackel in diese Richtung. Das Licht vertrieb die Schatten und machte den Gegenstand sichtbar. Arnfrieds Kehle wurde schlagartig trocken. Das, was Falk dort in den Händen hielt, war eine schwarze Kutte.

Begleitet von einem frustrierten Seufzer klappte Ortwin den dicken Folianten zu. Wehmütig warf er einen Blick auf den Stapel, der auf seine Sichtung wartete. Er rieb sich die brennenden Augen und gab dem Bedürfnis nach, sie für einen Moment zu schließen.

Seit der Rückkehr ins Kloster am Tag zuvor, hatte er im Skriptorium die Bücher nach einem Hinweis durchforstet, wohin Rudolph geflohen sein könnte. Nichts. Selbst die Gemächer des Abts waren von Falk und Hartmann nochmals durchsucht worden. Ohne Ergebnis. Er war mit seinem Latein am Ende.

Ortwin blickte aus dem Fenster. Es fing bereits an zu dämmern. Heute war Neumond. Ein neuer Mord stand bevor und es gab nichts, was er tun könnte, um ihn zu verhindern. Er ballte die Hand zur Faust und schlug sie kraftvoll auf den Tisch. Schmerz durchfuhr das Handgelenk. Er war so nahe dran gewesen, Pater Rudolph zu ergreifen. Wäre da nicht die Sache mit Arnfried von Ehrfeld gewesen. Verdammt sollte die Torheit des Templers sein.

Ortwin lehnte sich im Stuhl zurück. Fühlte Zorn in sich aufflammen und atmete tief ein. Was wäre die Alternative gewesen? Arnfried seinem Schicksal überlassen? Einen Mord geschehen lassen, um einen Mörder zu fangen? Selbstredend hatte er die richtige Entscheidung getroffen. Sein Verstand brauchte hingegen Zeit, dieses Faktum zu verstehen.

Eine plötzliche Müdigkeit überkam ihn. Lähmte den Fluss seiner Gedanken. *Nur einen kurzen Moment verweilen.* Dann würde er mit neuer Kraft die Suche fortsetzen. Ein Geräusch von der Tür ließ ihn aufschrecken. Verwirrt riss Ortwin die Augen auf. Kämpfte gegen den Dämmerzustand an. Er blickte zur Kerze, die ein sichtbares Stück kürzer geworden war.

Gütiger Himmel, ich bin eingeschlafen. Er schaute zur Tür, die im Halbdunkel lag. Waren das Schritte? Ortwin griff nach dem Kerzenständer und stand auf. Die Glocke begann zum Komplet zu schlagen.

»Ist da jemand?« Er hob die Kerze über den Kopf und versuchte die Schatten zu vertreiben. Ein Windzug wehte von den Fenstern herein. Die spärliche Flamme flackerte und erlosch. Ortwin unterdrückte einen Fluch. Sein Kopf ruckte zur rechten Raumseite. Da. Ein Kratzen über den Dielen. Er kniff die Augen zusammen.

Das verbliebene Tageslicht war zu kümmerlich, um den Raum auszuleuchten. Er fühlte, wie sich seine Kehle zuschnürte. Sein Atem beschleunigte sich. Ein heißes Ziehen erfüllte ihn. Für den Bruchteil eines Lidschlages wollte er nach Falk und Hartmann rufen, bis ihm einfiel, dass er sie in die Nachtruhe entlassen hatte. Er war allein.

Ein Rascheln zu seiner Rechten ließ ihn aufhorchen. Nein. Er war nicht allein. Jemand anderes befand sich mit ihm im Zimmer. Schweiß brach ihm aus sämtlichen Poren. Der Mörder war gekommen, sein Werk zu vollenden. Plötzlich wusste er, welche Angst Abt Heinrich in den letzten Augenblicken seines Lebens durchgestanden haben musste. Ortwin spannte die Muskeln an und zwang sich, flach zu atmen. So lautlos er konnte, drehte er sich in die Richtung, aus der er das Geräusch vernommen hatte. Von dort würde der Angriff kommen.

»Pater Rudolph, ich weiß, dass Ihr es seid. Zeigt Euch.« Er war überrascht, wie kraftvoll seine Stimme angesichts der gefühlten Todesangst klang. Sollte der Teufelspriester ruhig wissen, dass er enttarnt war.

Ortwin lauschte in die Stille. Das Rascheln erstarb. Er klammerte sich an den Kerzenständer, als wäre er ein Schwert. Er blickte in die

Finsternis. Hoch konzentriert. Bereit, sich … Eine grauweiße Katze schälte sich aus den Schatten und strich ihm um die Beine. Ungläubig blinzelte Ortwin den Vierbeiner an. Er lachte über seine eigene Narretei auf, als die Anspannung von ihm abfiel.

Ihm fiel wieder ein, dass sie beim Betreten der Kammer schlafend auf der Fensterbank gelegen hatte. Er bückte sich und strich dem Tier sanft über den Rücken.

»Du hast mir einen gehörigen …« Eine schemenhafte Gestalt stürzte sich auf ihn. In der Rechten hielt er einen Dolch. Das Tier stob fauchend davon. Ortwin wich zur Seite aus. Der Stoß verlief ins Leere. Der Angreifer stieß einen wütenden Schrei aus. Die Stimme. Ortwin konnte das Gesicht des Mannes nicht erkennen. Es war unter einer ausladenden Kapuze versteckt. Er wich zurück. Der Mörder umkreiste ihn langsam.

Ortwin wollte um Hilfe rufen. Dann fiel ihm ein, dass ihn niemand hören würde. Sämtliche Mönche befanden sich in ihren Zellen. Die Waffe zum Stoß bereit. Er tat einen Schritt rückwärts. Stieß gegen den schweren Tisch. Instinktiv drehte er den Kopf zur Seite und bereute es im selben Augenblick. Die Gestalt stürmte auf ihn los. Die Klinge schoss vor. Schnitt durch Stoff und Fleisch. Ein brennender Schmerz pulsierte durch Ortwins linken Unterarm, den er schützend vor seinen Körper gehalten hatte. Er stieß einen überraschten Laut aus. Der Angreifer setzte nach. Holte aus. Wollte ihm die Klinge von oben ins Herz stoßen. Ortwins Rechte schoss vor und griff nach dem Handgelenk des Mannes.

Ein Kräftemessen auf Leben und Tod begann. Mit vollem Gewicht drückte die Gestalt ihn auf den Tisch. Die Klinge folgte in besorgniserregend kurzem Abstand. Ortwin biss die Zähne zusammen. Schweiß rann ihm vom Gesicht, floss in die Augen und blendete ihn. Hektisch versuchte er, die salzig brennende Flüssigkeit fortzublinzeln. Das Kinn des Meuchelmörders schob sich aus dem Schatten der Kapuze hervor. Ein tiefer Spalt teilte es in zwei Teile. Er hielt die Luft an. Presste den Körper gegen die Tischplatte, während die Spitze unnachgiebig Zoll um Zoll näher rückte, während seine eigene Kraft zu schwinden begann.

Sein Widerstand war nahezu gebrochen. Zwei, vielleicht drei Herzschläge noch. Dann würde der Dolch ihm das Herz durchbohren. Seine linke Hand glitt an der Körperseite hinab. Gleichzeitig zog er das Bein an. Den Wundschmerz ignorierend griff er in Knöchelhöhe unter sein Gewand. Ein schneidendes Geräusch durchbrach die gepressten Laute der Kämpfenden. Ortwin fühlte, wie die Klinge tief in den Körper eindrang. Muskeln und Fleisch durchtrennte. Bis das Heft sie stoppte. Er keuchte. Noch immer hielt er das Handgelenk des Mörders umklammert.

Die Kraft ließ augenblicklich nach. Ein ersticktes Gurgeln ertönte, das in ein verzweifeltes Röcheln überging. Dann erschlaffte der Griff des Mannes. Ortwin fing den Fall des Körpers ab und drehte ihn zur Seite. Achtlos fiel der Mann zu Boden. Aus der linken Brusthälfte ragte der Griff von Ortwins Jagdmesser hervor.

Nach Luft ringend, richtete er sich auf und wischte sich mit dem Ärmel den Schweiß von der Stirn. Schwer atmend blickte er auf seine Hand. Die Finger zitterten. Er war froh, am Leben zu sein. Als sich sein Atem halbwegs beruhigte, schaute er auf die Gestalt herab.

Ein keuchendes Stöhnen drang an Ortwins Ohr. Die Tür wurde kraftvoll aufgestoßen. Mehrere Mönche mit Fackeln drangen in den Raum ein. Unter ihnen befanden sich Falk und Hartmann. Mit gezogenen Schwertern liefen sie auf ihn zu.

»Geht es Euch gut, Herr? Wir …« Falk wurde durch eine herrische Geste von Ortwin zum Schweigen gebracht. Er sank neben dem Sterbenden auf die Dielen und zog die schwarze Kapuze zurück. Das Gesicht des Pförtners wirkte im flackernden Kerzenschein grau.

»Herr, vergib mir«, murmelte der Mönch. Blut sickerte aus seinem rechten Mundwinkel.

»Das wird er, wenn du dein Gewissen erleichterst. Wo ist Rudolph?«

Die glasigen Augen von Bruder Andreas suchten Ortwins Blick, während sich die Finger in sein Gewand krallten. »Erteilt mir zuerst die Sterbesakramente, Pater. Ich will nicht in der«, er hustete und mehr Blut quoll aus seinem Mund, »Hölle brennen.«

»Ich werde dir deinen Verrat am Herrn vergeben. Doch zuvor musst du Reue bekennen. Wo ist Rudolph?«

Bruder Andreas schnappte nach Luft und ein Gurgeln war zu hören. Viel Zeit, stellte Ortwin fieberhaft fest, blieb ihm nicht mehr. Er sah, wie sich die Lippen des Sterbenden bewegten. Hastig beugte er den Kopf nach vorn und hielt das Ohr dicht über den Mund des Bruders.

»Ruine … im Wald.« Die Worte waren nicht mehr, als ein tonloses Flüstern.

»Dort wo der Templer festgehalten wurde?«

Die Lider des Pförtners flackerten. Ortwin rüttelte den Portarius an den Schultern. Die Augen öffneten sich einen Spalt breit.

»Dort wo der Templer festgehalten wurde?« Aus Verzweiflung und Frustration heraus schrie er den Sterbenden an. Der Kopf des Bruders zuckte kaum merklich. Ein Nicken. Ein Schaudern erfasste den Körper des Pförtners. Dann erschlafften die Muskeln. Ortwin legte den toten Körper behutsam ab und schlug das Kreuzzeichen.

»Möge Gott dir für deine Sünden vergeben.« Dann wandte er sich an die Waffenknechte. »Ihr könnt den Kampf unmöglich vom Gästehaus gehört haben.«

»Wir hatten ein ungutes Gefühl wegen dem herabfallenden Stein gehabt und uns in die Kammer am Ende des Flurs gesetzt«, erklärte Falk auf Ortwins fragenden Blick hin.

»Ich bin froh, dass ihr meinen Befehl missachtet habt.« Ortwin warf den beiden Waffenknechten ein Lächeln zu. »Holt mir Prior Martin her. Notfalls mit dem Schwert, falls er sich weigert.«

»Ich erledige das, Herr. Hartmann wird bei Euch bleiben für den Fall, dass es noch weitere Mordbrüder gibt.«

Beim Anblick des Toten bekreuzigte sich Prior Martin, als er wenig später von Falk in den Raum geführt wurde.

»Wer hat Euch angegriffen, Pater?«

»Der Pförtner.«

Der Prior zog scharf die Luft ein. »Hat er auch den Abt …«

»Nein!« Ortwin schüttelte den Kopf. »Er ist bloß ein Handlanger.«

»Ihr seid ja verletzt, Herr.« Hartmann deutete auf die rote Lache vor dem Tisch. Ortwin blickte an sich hinab. Sein Habit war blutbesudelt.

»Ein Schnitt. Nichts weiter. Ich werde den Infirmarius bitten, die Wunde zu versorgen.«

»Ich fürchte, das wird nicht möglich sein, Pater.«

Er runzelte die Stirn und sah den Prior fragend an.

»Wieso nicht?«

»Weil Bruder Stephan das Kloster wegen einem Notfall verlassen hat.«

Eine düstere Vorahnung breitete sich in Ortwin aus.

»Auf wessen Geheiß?«

»Pater Rudolphs.«

8.

Grafschaft Trossen

Ein Kampf tobte in ihm. Die Heftigkeit nahm mit jedem Herzschlag zu und zerriss ihm die Seele. Hilflos musste Arnfried mit
ansehen, wie Gewissen und Versuchung gnadenlos um die Vorherrschaft rangen. Die Gefangennahme durch die Satanisten hatte ihn
entsetzt. Ihn gelähmt. Schrecken, die er längst vergangen glaubte,
traten erneut zu Tage. Verblasste Ängste waren wie Schatten aus
der Dunkelheit aufgetaucht, um ihn zu quälen. Zuletzt hatte er sich
so in Akkon gefühlt. Rastlos war er gewesen. Taub und leer.
Ohne Orientierung. Ohne Bestreben. Schließlich war er davongelaufen. Hatte dem Orden, der ihn verraten hatte, den Rücken gekehrt. Das hatte er zumindest geglaubt. Gründe, sein schändliches
Verhalten zu rechtfertigen, fand er viele. Die Flucht des Großmeis-
ters und Hugo von Steinbachs war einer davon. Ein Trugbild, das
ihn davon abhielt, hinter den Vorhang zu schauen.
Die bittere wie einfache Wahrheit lautete, dass er sich dem erleb-
ten Schrecken zu entziehen versuchte. Die Todesangst zu vergessen.
Die furchtbaren Bilder der abgeschlachteten Frauen und Kinder.
Die grausame Wirklichkeit war so simpel wie unaussprechlich. Er,
Arnfried von Ehrfeld, war zu schwach, den Krieg zu ertragen. Er
war der Feigling. Vor dieser Erkenntnis war er geflohen. Jeden Anflug von schlechtem Gewissen hatte er beiseite gefegt. Aus Angst,
sich dieser Tatsache zu stellen. Hatte Gott aus seinem Leben ver-
bannt, weil er wusste, dass er ihn nicht belügen konnte. Heiße Trä-
nen liefen aus dem gesunden Auge über die staubbedeckte Wange.
Hugos gewaltsamer Tod war der Anfang gewesen, sich dieser
Wahrheit zu stellen. Er hatte es zugelassen, weil er geglaubt hatte, es

aushalten zu können. Was für ein Narr er gewesen war.

Er zügelte das Pferd und blickte sich um. Rechter Hand führte der Weg zur Ruine von Trossen. An der Kapelle vorbei, die der Graf von Trossen erbauen ließ. Geradeaus ging es nach Eberlingen. Links von ihm führte der Weg zur Handelsstraße, die ihn nach Österreich führen würde. Er musste eine Entscheidung treffen. Ihm zog sich der Magen zusammen. Widersprüchliche Gefühle prallten aufeinander. Arnfried sah sich außerstande, einen klaren Gedanken zu fassen.

Verzweiflung hüllte ihn ein, die sich in Frustration verwandelte. Für einen Lidschlag überlegte er, sich den Dolch ins Herz zu rammen und damit diesen unwürdigen Zustand zu beenden. Er schaute in den wolkenlosen Himmel empor.

»Warum tust du mir das an, du verfluchter Bastard?« Die Wut auf Gott überwältigte ihn. Machte ihn rasend. Doch er konnte nichts weiter tun, als ihn lautstark zu beleidigen. Zugleich sehnte er sich nach der tröstenden Umarmung des allmächtigen Vaters. Dem wohligen Gefühl der Liebe, die von ihm ausging.

Seine Seele sehnte sich nach Trost, den er für immer verloren glaubte. Er senkte den Blick und wandte sich der Kapelle zu. Konnte er dort Vergebung finden? Mit Gott ins Reine kommen? Arnfrieds erster Impuls war es, dem Schlachtross die Sporen zu geben.

Er besann sich und lenkte es stattdessen auf das Gotteshaus zu. Stille empfing ihn. Als ob die Welt vor der Pforte ausharren musste. Das leise Klirren der Kettenringe durchbrach die friedvolle Atmosphäre. Er ging zum Altar. Ohne es bewusst zu entscheiden, fiel er auf die Knie. Er schloss das Auge und fing inbrünstig zu beten an.

Über die Worte dachte er nicht nach. Sondern sprach sie aus, wie sie ihm in den Sinn kamen. Er bat um Vergebung. Um Hilfe und Zuspruch. Ein Zeichen der Versöhnung. Mit jeder geflüsterten Silbe fühlte er, wie ihm die aufgestaute Last vom Herzen genommen wurde. Er wusste nicht, wie lange er dort zugebracht hatte. Die Knie fingen irgendwann an zu schmerzen. Dann wurden sie taub. Irgendwann hatte Arnfried das Gefühl, dass alles gesagt sei, und kam zum Ende.

Wenn du mich als deinen Sohn wieder aufnimmst, bitte ich dich um Führung und Schutz, Herr. Im Namen des Vaters, des Sohnes und des Heiligen Geistes, Amen. Er bekreuzigte sich und blieb einen Augenblick in der jetzigen Position. Nichts. Unfähig, etwas zu empfinden, nahm er zur Kenntnis, dass Gott ihm wieder einmal nicht zugehört hatte. Er versuchte, aufzustehen. Doch die taub gewordenen Beine knickten ein. Er strauchelte. Fiel der Länge nach auf den Steinboden. Er lag auf dem Rücken wie ein Maikäfer und blieb liegen.

Arnfried hatte keine Kraft mehr. Wollte nicht aufstehen. Wollte, dass es aufhörte. Er griff nach dem Dolch und setzte die spitze Klinge an die Kehle. Ein dünner Blutfaden rann ihm über die Haut. Er schluckte. Es würde schnell gehen. Dann wäre alles vorbei. Er blinzelte und holte tief Luft. Durch eine Schießscharte fiel ein Lichtstrahl ins Innere. Erhellte die Decke und den Altarraum. Arnfried stockte. Eiswasser schien durch seine Adern zu fließen. Ihm war, als würde eine glühende Hand nach seinem Herzen greifen. Dort an der Decke befand sich in Stein gehauen das Wappen der Grafen von Trossen. Als ewige Erinnerung an den Stifter dieser Kapelle. Die Erkenntnis traf ihn wie ein Hammer. Er hatte das Wappen schon einmal gesehen. An der Stelle, wo Hugo gestorben war. Das was Hugo in Todesangst in den Baum ritzte, kurz bevor er starb, war keine Teufelsfratze. Sondern ein Stierkopf mit geschwungenen Hörnern.

»Seid Ihr sicher, dass wir hier den Bruder Infirmarius finden, Herr?« Falk war an Ortwins Seite getreten und schaute zu den Ruinen des Gehöfts, das sie vor zwei Tagen bereits gestürmt hatten. Ortwin wandte den Kopf und holte hörbar Luft.

»Falls ich mich irre und Bruder Andreas mich belogen hat, ist Bruder Stephans Schicksal besiegelt.«

»Dann hoffe ich, dass Ihr wisst, was Ihr tut.«

Ich auch, dachte er und schaute wieder zu dem Hof. Alles war still. Kein Laut war zu hören. Er war sich im Klaren, dass er ein gewagtes Spiel trieb. Bei dem Bruder Stephans Leben der Einsatz war. Eine weiterführende Befragung des Priors hatte keine neuen Erkenntnisse zu Tage gebracht. Außer, dass es um eine dringende medizinische Angelegenheit ginge. Der Prior sei davon ausgegangen, dass Bruder Stephan nach Weihbach reisen würde. Das konnte Ortwin ausschließen. Sein einziger Anhaltspunkt war diese Ruine. Wer konnte schon sagen, ob der gefallene Pater in der Lage war, rationale Entscheidungen zu treffen?

Seine Blicke wanderten über die frisch aufgeworfenen Erdhügel, die sich im Grau der Dämmerung abzeichneten. Dort waren die erschlagenen Teufelsdiener verscharrt. Kein christliches Begräbnis. Keine Totenfeier. Um eine widernatürliche Wiederkehr zu verhindern, hatte man ihnen einen Pflock ins Herz getrieben.

»Sollen wir vorrücken, Herr?«

Ortwin rieb sich mit Daumen und Zeigefinger über die Nasenwurzel. Der Satanistenkreis war zerschlagen. Rudolph der einzig Überlebende. Gefahr, in einen Hinterhalt zu laufen, bestand demnach nicht. Er nickte knapp.

»Gott mit uns.« Er schlug das Kreuzzeichen und die Waffenknechte rückten vor. In halbgeduckter Haltung liefen sie auf das Haupthaus zu. Erreichten wenig später den offenen Türrahmen und stürmten ins Innere. Ortwin hielt den Atem an. Wartete auf Stimmengewirr und Waffenklirren. Aber alles blieb ruhig.

»Herr«, hörte er Hartmanns Stimme. Ortwin kniete nieder und entzündete eine bereit liegende Fackel. Er ging zum Haus und trat ein. Die grausigen Bilder des Kampfes mit den Teufelsdienern traten ihm vor das geistige Auge. Er hörte die Schreie. Das Schneiden der Schwerter. Das Röcheln der Sterbenden. Er blickte sich um. Der Boden war noch immer mit dem getrockneten Blut der Satanisten bedeckt. Was war das?

Beim Tisch hatte sich eine größere Lache gebildet. Düster schimmerte sie im Schein der Fackel. Ortwin beugte sich herab. Achtsam tippte er die Spitze des Zeigefingers hinein. Flüssig. Allerdings deutlich verfärbt.

»Dieses Blut wurde nach unserem Kampf hier vergossen.« Er schaute sich weiter um. Neben der Lache lag etwas. Wollfetzen? Er hob die Fackel dicht an das Büschel heran und erstarrte. Das waren keine Flusen.

»Habt Ihr was gefunden, Herr?« Falk beugte sich hinab. Ortwin griff beherzt zu und hielt dem Waffenknecht das Büschel vor die Nase.

»Blonde Haare. Bruder Stephan war hier. Wir können sicher annehmen, dass es sein Blut ist.« Er wies auf die Lache.

»Dann werden wir ihn nicht mehr lebend antreffen«, mutmaßte Hartmann.

»Wenn wir uns beeilen, können wir das Schlimmste vielleicht verhindern.«

»Wie wollt Ihr das schaffen, wenn wir nicht wissen, wohin der Bruder verschleppt wurde?« Falk zog die gegerbte Stirn in Falten.

»Wir wissen es.« Ortwin hielt einen kleinen funkelnden Gegenstand empor. Einen Ring, den er unter dem Tisch neben den Haaren gefunden hatte. Er trug das Siegel eines Stierkopfes mit geschwungenen Hörnern.

Weihbach

Arnfried zügelte das Pferd hart und glitt aus dem Sattel. Lange Schatten zogen sich über den Dorfplatz. Bald würde die Sonne untergehen. Er sah sich um. Niemand war zu sehen. Hastig überquerte er den Platz und schritt auf das Haus von Pater Rudolph zu. Er stieß die Tür mit einem gezielten Fußtritt auf. Leer. Ein tonloser Fluch kam über seine Lippen. Vielleicht konnte Krystin ihm sagen, wo sich Ortwin befand. Er ging zu ihrer Kate und klopfte an die Tür. Nichts. Arnfried hämmerte mit der Faust gegen das Holz und horchte. Drinnen blieb alles still. Nichts rührte sich.

»Krystin ist nicht da, Herr.«

Er fuhr herum. Die Hand um den Griff des Schwertes gelegt. Er blickte in das verängstigte Gesicht eines Jungen von etwa zehn Jahren. Arnfried entspannte sich und kniff das Auge zusammen. Der Knecht des Dorfschulzen.

»Was heißt das, nicht da?« Sein Tonfall musste gröber geklungen haben, als beabsichtigt. Anstatt zu antworten, trat der Junge einen Schritt rückwärts.

»Sag, was du weißt. Es ist wichtig.«

Der Junge taxierte ihn und verharrte. Wohl unschlüssig, ob er nicht doch lieber fortlaufen sollte.

»Ihr Leben könnte in Gefahr sein«, fügte er versöhnlich hinzu.

»Krystin ist fortgegangen, Herr.«

»Mit Pater Ortwin?«

Der Knabe schüttelte schüchtern den Kopf.

»Nein, Herr.«

»War sie in Begleitung?«

»Nein, Herr.«

»Wo ist Pater Ortwin?«

»Er ist ins Kloster geritten. Zusammen mit den Waffenknechten.«

Arnfried zog die Luft hörbar durch die Nase ein. Die Einsilbigkeit des Jungen machte ihn angriffslustig. Mit Mühe rang er den Impuls nieder, den Bengel zu packen und die Antworten aus ihm herauszuschütteln. Er konnte nicht riskieren, dass der Junge die Flucht ergriff. So atmete er dreimal durch und als er merkte, dass die Wut verraucht war, ergriff er das Wort.

»Erzähl mir, was du weißt«, er zögerte, »bitte.«

»Sie hat das Dorf verlassen.«

»Das sagtest du bereits«, knurrte er.

Der Junge schaute ihn mit weit aufgerissenen Augen an.

»Fahr fort.«

»Sie war auf dem Weg nach Rehberg, Herr.«

»Was wollte sie dort?«

»Das weiß ich nicht, Herr. Sie sagte, dass sie dort etwas erledigen müsse.«

Ein heißer Stich durchfuhr Arnfrieds Magen. Der Mund wurde schlagartig trocken. »Weißt du, was sie dort wollte?«

Der Junge zuckte mit den Schultern.

»Das hat sie nicht gesagt, Herr.«

»Hat sie dir erzählt, wer sie geschickt hat?«

»Ja, Herr.«

Er stieß ein frustriertes Schnauben aus. »Mach endlich dein verfluchtes Maul auf. Muss ich dir jedes Wort aus der Nase ziehen?«

Der Junge schrie auf und wollte Reißaus nehmen. Doch Arnfried war schneller. Er packte ihn am Arm und hielt ihn fest. »Rede. Wer hat sie aus dem Dorf gelockt?«

»Pater Rudolph.«

Eine eiskalte Hand schien nach seinem Herzen zu greifen. Er ließ den Jungen los, der augenblicklich das Weite suchte. *Nein*, fuhr es ihm durch den Kopf, *nicht sie. Herr, lass das nicht zu.* Er schaute zu dem Haus des Geistlichen und sprang auf. Das Haus im Wald würde er nicht finden, das wusste Arnfried. Er würde höchstens kostbare Zeit verschwenden. Durch die wundersame Entdeckung in der Kapelle war er sich sicher, wohin er sich wenden musste. Burg Trossen. Dort würde er sie finden. Und den Mörder.

Burg Trossen, Grafschaft Trossen

Die Sonne warf ihre letzten Strahlen durch das ausgebrannte Gebälk, als sie in den Lichthof einritten. Auf den ersten Blick hatte sich nichts seit ihrem letzten Besuch verändert.

»Bleibt zusammen. Es gibt hier nicht viele Orte, wo er sich verstecken könnte.«

»Beruhigend zu wissen, dass sich hier in den Schatten ein mörderischer Teufelsdiener befindet«, grinste Hartmann und zog das Schwert.

»Der nicht mit unserem Auftauchen rechnet. Er wäre kaum in diese Ruine geflohen. Hier sitzt er in der Falle«, rief Ortwin in Erinnerung.

»Die Pferde waren kaum zu überhören.«

»Ein Grund mehr wachsam zu sein«, ergänzte Ortwin.

Auch Falk zog seine Klinge.

»Dann wollen wir uns den Mordbuben schnappen, Pater.« Falk versuchte die Anspannung mit einem dünnen Lächeln zu kaschieren. Ortwin schlug das Kreuzzeichen. Er musste nicht lange nach der Spur suchen. Die Räder des Karrens hatten zwei Furchen in die Wiese gezogen. Seine Blicke folgten der Spur bis zu den Überresten der Stallungen.

»Dort.« Er wies auf den zerfallenen Gebäudeteil. Lautlos glitten sie aus den Sätteln. Die Anspannung war in den Gesichtern der Waffenknechte abzulesen. Das Herz klopfte Ortwin bis zum Hals. Seine Kehle war staubtrocken. Er nickte den Männern zu und hielt die Luft an.

Falk öffnete die Tür. Dort stand er, der Wagen. Die Ladefläche abgedeckt mit einem Leinentuch. Achtsam traten sie heran und spähten in das Halbdunkel. Ortwin ging auf den Wagen zu. Unter dem Tuch konnte er deutlich die Konturen eines Menschen erkennen. Mit einem Ruck zog er die Plane beiseite und erstarrte.

Dort lag, wie erwartet, eine Leiche. Sie trug eine Kutte, die Augen waren weit aufgerissen und blickten starr ins Nichts. Die Kehle durchschnitten. Von einem Linkshänder, wie Ortwin gleich erkannte. Es war nicht die grässliche Art, wie der Mann zu Tode gekommen war, die ihn erschreckte. Es war der Tote selbst. Dort lag nicht Stephan. Es war Pater Rudolph.

Ortwin wollte Falk und Hartmann über die Entdeckung informieren, als er ein surrendes Geräusch hörte. Gefolgt von einem überraschten Ausruf. In Falks Brust steckte der kurze Schaft eines Bolzens. Falk schaute ungläubig auf den gefiederten Schaft. Dann knickten ihm die Beine ein. Ein weiterer Bolzen traf Hartmann in den Hals. Die Wucht des Schusses riss den Waffenknecht von den Füßen. Schleuderte ihn zu Boden, wo er gurgelnd mit den Füßen strampelte. Blut schoss ihm aus Mund und Nase. Dann war alles still.

Ortwin sprang herum. Wollte fliehen. Da traten zwei Gestalten aus der Dunkelheit. In der Hand eine ungeladene Armbrust. Ehe er einen weiteren Gedanken fassen konnte, traf ihn der Schlag. Sterne tanzten ihm vor Augen. Ihm wurde speiübel und er merkte, wie ihm die Beine weich wie Butter wurden. Er ging zu Boden. Aus den Augenwinkeln erkannte er einen Schatten, der sich ihm heimlich genähert hatte.

»Schafft ihn ins Verlies«, befahl eine tiefe, heisere Stimme. Das war alles, was Ortwin hörte. Kurz darauf wurde die Welt um ihn herum schwarz.

***

9.

Grafschaft Trossen

Die Sonne war bereits hinter der Anhöhe versunken, als er den Fuß des Burghügels erreichte. Lange Schatten erstreckten sich über den Wald und hüllten ihn in Dunkelheit. Baumstämme wurden zu Schemen. Unterholz zu einer schwarzen Wand. Die ersten Sterne begannen am Firmament zu leuchten. Vom Mond war nichts zu sehen. Diese Nacht, wusste Arnfried, würde finster werden.

Er zügelte das Schlachtross und saß ab. Der Pfad wurde uneben und er fürchtete, das Tier könne in der Dunkelheit straucheln und sich ein Bein brechen. Er führte das Pferd zu einem Baum und schlang die Zügel locker um einen Ast. Notfalls würde ein kräftiger Ruck es befreien. Für den Fall, dass Wölfe kämen oder ...

Er schob den Gedanken beiseite. Arnfried klopfte dem Tier beruhigend auf den kräftigen Hals und machte sich auf den Weg. Den Schild auf dem Rücken stolperte er über den wurzelbewachsenen Weg. Hier, auf der rückwärtigen Seite der Burg, musste er irgendwo sein. Er konnte nur hoffen, dass die von Ortwin gelesene Chronik recht behielt und er seine Zeit nicht unnötig verschwendete.

Arnfried riss das Auge auf. Es war stockfinster. Aus Angst, von den Teufelsdienern entdeckt zu werden, hatte er auf jedwedes Licht verzichtet. Auf diese Weise kam er nur langsam vorwärts. Angetrieben von der Sorge um Krystin. Ob sie noch am Leben war? Er zwang sich, sich auf den Weg zu konzentrieren. Sein Stiefel glitt an einer Wurzel ab. Er verlor den Halt. Strauchelte und ging zu Boden. Der Schild schlug scheppernd gegen einen Stein. Schützte ihn aber vor ernsthaften Verletzungen. Fluchend kam er wieder auf die Beine.

Behutsam belastete er den umgeknickten Fuß. Kein Schmerz. Er atmete erleichtert aus und lauschte in die Nacht hinein. Nichts. Allem Anschein nach war sein Sturz unbemerkt geblieben. Er überprüfte die restliche Ausrüstung. Schwert und Dolch waren an ihrem Platz. Gut. Auf unliebsame Überraschungen im entscheidenden Moment konnte er verzichten. Plattenrock und Kettenrüstung drückten ihm schwer auf die Schultern. Verlangsamten jeden Schritt.

Schweiß lief ihm bald in Strömen über das Gesicht. Dicke Tropfen verfingen sich im Bart. Ohne Rüstung wäre er entschieden schneller und leiser vorangekommen. Aber auch deutlich ungeschützter. Er wusste nicht, mit wie vielen Teufelsanbetern er es zu tun bekäme, und wollte auf alles vorbereitet sein. Wenn es ihm nicht gelingen sollte, Krystin aus den Klauen dieser Monster zu befreien, wollte er so viele wie möglich von ihnen zur Hölle schicken.

Er kam an eine Gabelung. Der rechte Weg führte den Hang hinauf. Der Linke, auf dem er sich befand, schien von dem Hügel wegzuführen. Er stützte sich an einen dünnen Baum und spuckte aus. Für einen Humpen kühles Bier hätte er sein verbliebenes Auge gegeben. Er wischte sich mit dem Handrücken über die nasse Stirn. Er sah sich um. Spähte in die Finsternis. Wohin sollte er gehen? Er wusste es nicht.

Keine der Wahlmöglichkeiten schien recht zu passen.

Gott, wenn du mir ein Zeichen der Versöhnung schicken willst, wäre jetzt ein guter Zeitpunkt. Arnfried hob den Blick und schaute in den verhangenen Nachthimmel hinauf. Nichts. *Zurück zur schweigsamen Behandlung, wie ich sehe.*

Er schaute sich nochmals um. Würde er sich falsch entscheiden, wäre damit das Schicksal von Krystin und Ortwin besiegelt. Er atmete hörbar aus und entschied sich, dem Weg geradeaus zu folgen.

Er würde weiter von der Burg wegführen. Die Wahrscheinlichkeit, dort auf den Ausgang zu stoßen, war dafür wesentlich größer.

Er setzte sich in Bewegung und erstarrte. War da etwas? Angestrengt lauschte er in die Stille. Da. Ein Geräusch. Er drehte den Kopf und kniff das Auge zusammen.

Zwischen den Bäumen Hang aufwärts schimmerte ein schwacher Lichtschein. Keine hundert Schritte entfernt. Arnfried sah kurz zum Himmel hinauf und verzog die Miene.

Danke, Herr, dass du mich Demut gelehrt hast. Er eilte in geduckter Haltung von Baum zu Baum. So rasch er es sich auf dem unebenen Untergrund zutraute. Nach wenigen Schritten wurden aus den undeutlichen Lauten erste Gesprächsfetzen. Zwei Stimmen. Er verlangsamte seine Schritte und zwang sich, flacher zu atmen. Das Blut rauschte ihm in den Ohren. Das Herz hämmerte bis zum Hals hinauf. Sein Mund war trocken und die Handflächen schweißnass.

Er suchte Deckung hinter dem dicken Stamm einer Eiche und lugte hervor. Vor ihm auf einer bescheidenen Lichtung standen zwei dunkle Gestalten an einer Grube. Eine Fackel war in den Boden gerammt worden. Ihr flackerndes Licht zuckte über den Waldboden. Ein Karren ragte wie ein schemenhafter Fels aus der Dunkelheit. Wenige Armlängen von den Männern entfernt. Zu ihren Füßen lag etwas.

Er hielt den Atem an. Dort lag ein Mensch. Er trug einen Habit und war mit einem Tuch bedeckt. Arnfried zog das Schwert und schwang den Schild vom Rücken. Er führte das Heft an die Lippen und küsste es behutsam. *Deus Vult.* Dann trat er hinter dem Baum hervor und hob das Schwert. *Er war zu spät gekommen,* fuhr es ihm durch den Kopf.

Es war stockfinster. Die Luft roch feucht und modrig. Ortwin hob den Kopf. Schwindel und Übelkeit stiegen augenblicklich in ihm empor. Pochender Schmerz pulsierte ihm im Kopf. Mit jedem Schlag strahlte er mehr und mehr in Nacken und Schultern aus. Er stöhnte auf. Versuchte, sich in eine sitzende Position zu bringen. Sich einen Überblick über die Lage zu verschaffen.

Er befand sich in einem fensterlosen Raum. Es war kühl und feucht. Aller Wahrscheinlichkeit nach befand er sich im Verlies der Burg. Arme und Beine waren nicht gefesselt und scheinbar unverletzt. Seine Finger glitten über soliden, klammen Stein. Wasser tropfte in monotoner Wiederkehr auf einen Stein. Platsch. Das Geräusch durchschnitt die Stille. Ortwin schloss die Augen. Bevor der aufsteigende Brechreiz ihn zwang, den Inhalt seines Magens über die glitschigen Steine zu spucken.

Bilder tauchten vor seinem geistigen Auge auf, die er in keinen Zusammenhang bringen konnte. Er atmete tief ein und aus. Versuchte, Ordnung in das Chaos zu bringen, das seinen Geist vernebelte. Er war in eine Falle gelaufen. Hatte zu spät die Zusammenhänge erkannt. Falk und Hartmann hatten dafür mit dem Leben bezahlt. Sein Ehrgeiz, die Teufelsanbeter unschädlich zu machen, hatte ihn blind für das Offensichtliche gemacht. Höchst wahrscheinlich, schloss Ortwin, würde ihm diese Nachlässigkeit ebenfalls den Tod bringen.

Er war sich so sicher gewesen. Angewidert von der eigenen Dummheit schüttelte er den Kopf und bereute es sofort. Er zog scharf die Luft ein und schloss für mehrere Herzschläge die Augen. Das Rasseln an der Tür schreckte ihn auf. Sein Herz begann augenblicklich kraftvoller zu schlagen. Ihm zog sich der Magen zusammen. Ein heißer Stich durchfuhr ihn.

Herr, schenk mir Kraft, um meinen Feinden fruchtlos entgegenzutreten. Er blinzelte und kniff die Augen zu. Eine Fackel warf ihr grelles Licht in die Zelle. Verdrängte die Dunkelheit bis in die letzten Ecken des Raumes.

»Wie ich sehe, bist du wach, Priester. Ich hoffe, dir gefällt dein Quartier.«

Ortwin konnte die Gestalt nicht erkennen, die sich hinter dem grellen Schein verbarg. Das musste er auch nicht. Er wusste, wer ihm gegenüberstand. Falk und Hartmann töten ließ und für alles verantwortlich war.

»Wieso Stephan?«

Der Infirmarius blinzelte und gab Ortwin die Gelegenheit, fortzufahren.

»Wieso hast du deinen Gott verraten? Deinen Abt getötet und dich auf die Seite des Leibhaftigen geschlagen?« Stephan lachte. Es war ein raues, falsches Lachen.

»Weil er mir gibt, was Gott mir versagt hat. Macht. Bei seiner Rückkehr werde ich an der Spitze der Menschheit stehen.«

»Brennen wirst du, für alle Zeit.«

»Ich werde herrschen, während du in deinem Grab verrottest.«

»Du dummer Narr. Wann hat Satan je Macht geteilt, ohne dafür einen hohen Preis zu verlangen? Du bist den süßen Worten der Schlange erlegen. Was wird dein Einfluss auf Erden wert sein, wenn du in der Hölle schmorst?«

Der Infirmarius trat an ihn heran und schlug ihm mit der Faust ins Gesicht. Ortwins Kopf prallte durch die Wucht des Schlages gegen den Stein. Ein pochender Schmerz war die Folge. Ortwin befühlte vorsichtig seinen Hinterkopf. Kein Blut, nur Haare.

»Spar dir die Predigt. Ich habe diese Bevormundung satt. Du schwafelst von Gottes Willen und meinst damit den deiner Kirche und deines Bischofs. Der Meister hat mir die Wahrheit gezeigt. Dein Gott hat nichts, was ich brauche.«

»Er hat dich zu einem Mörder und Diener des Bösen gemacht. Mehr nicht.«

»Er hat weit mehr getan, als das. Er hat mir gezeigt, wie ich mein Schicksal in die eigene Hand nehme und mich von den Fesseln befreie.«

»In dem du Menschen tötest?« Ortwin hatte große Mühe, seine Verachtung nicht in jedes Wort mit einfließen zu lassen.

»Der Meister zieht es vor, dies selbst zu tun.«

»Dann bist du ein größerer Narr, als ich dachte. Du hast einen Herrn mit dem anderen getauscht und bleibst nichts weiter als ein Handlanger.«

»Schweig!« Stephan holte aus. Dieses Mal war Ortwin auf den Schlag vorbereitet, sodass der Kopf kein zweites mal gegen den Stein prallte.

»Wer ist der Meister?«

»Du wirst ihn sehr bald kennenlernen«, kam die höhnische Antwort, »du bist das letzte Opfer.«

Natürlich hatte Ortwin gewusst, weshalb er gefangen genommen worden war. Doch die Worte aus dem Mund des gefallenen Mönches zu hören, jagte ihm einen Schauder über den Rücken.

»Dann habt ihr Pater Rudolph nur entführt, um ihn zu töten?«

Stephans Lippen verzogen sich zu einem höhnischen Lächeln. »Geplant war, dass er deinen Platz einnimmt. Du solltest durch die Hand von Andreas sterben.«

»Was hat sich geändert?«

»Wir fanden heraus, wer der *Pater* wirklich ist.«

»Burkhard von Trossen.«

Stephan nickte Ortwin anerkennend zu. »Ich gebe zu, ich habe Euch unterschätzt. Wie habt Ihr es herausgefunden? Sagt es mir.«

»Ich habe seinen Siegelring gefunden.«

»Ja«, Stephan seufzte gequält, »den haben wir auch gefunden. Um eine Lederschnur um seinen Hals.«

Ortwin runzelte die Stirn. Pater Rudolph, vielmehr Graf Burkhard, war in etwa zur selben Zeit gestorben, als Bruder Andreas seinen Mordanschlag verübte, dem Ortwin nur durch eine glückliche Fügung des Herrn entkommen war.

»Was hättet ihr getan, wenn Bruder Andreas Erfolg gehabt hätte?« Stephan verzog seine Miene. »Das wäre in der Tat bedauerlich gewesen. Für den Meister versteht sich.« Er zuckte mit den Schultern. »Wir hätten uns den Prior geholt. Sagt, ist er tot? Andreas meine ich.«

»Er ließ mir keine andere Wahl.«

»Ihr habt ihn eigenhändig getötet? Ich muss sagen, du überraschst mich. Aber um ihn ist es nicht schade.« Der Infirmarius hob die Schultern, »er war ein Tor.«

»Ein Tor, der Eure Lügen geglaubt hat.«

»Er hat den verdienten Lohn für sein Versagen bekommen.«

»Für wen braucht ihr den Körper des Jungen?«

»Du weißt von dem Ritual?« Unglaube schwang in der Stimme mit.

»Abt Heinrich hat sein Wissen niedergeschrieben und versteckt. Er war schlauer, als du dachtest.«

»Es hat weder ihm genützt, noch wird es dir das Leben retten«, fauchte Stephan.

»Für wen ist das Gefäß?«

Das Lachen des Infirmarius erfüllte den Raum. »Auch das wirst du früh genug erleben.«

»Woher wusstet ihr, dass der Abt euch auf die Schliche gekommen war?«

»Der Narr hat es mir selbst erzählt. Er hat mich ins Vertrauen und damit sich ins Verderben gezogen.«.

»Dann hast du die Seite aus dem Buch gerissen, auf der das Ritual beschrieben wird?«

»Ich war so frei, ja.«

»Arnfried wird dieselben Schlüsse ziehen wie ich. Er wird dich finden und töten.«

»Der Templer ist vom Hass auf Gott zerfressen. Er würde sich uns eher anschließen, als dir zu helfen.«

Ortwin drehte den Kopf und schaute zur Tür. Stephan hatte Recht. Arnfried würde ihn nicht retten. Er atmete hörbar ein.

»Du bist wahnsinnig.« Er wendete sich angewidert von dem gefallenen Mönch ab. Im Fackelschein konnte Ortwin das wölfische Lächeln sehen. Mordlust blitzte in den dunklen Augen auf.

»Dein Tod wird mir eine persönliche Freude sein, Priester.«

»Ich werde in der Gewissheit sterben, an der Tafel des Herrn zu sitzen, während deine Seele für immer in der Hölle schmoren wird.«

»Dann bekommen wir heute beide, was wir uns wünschen. Verschwende die Zeit, die dir bleibt, nicht mit Gebeten. Gott hat hier keine Macht.« Er wandte sich ab und trat aus der Zelle. Die Tür fuhr krachend ins Schloss. Mit der Dunkelheit kehrten Angst und Hoffnungslosigkeit zurück.

Ihm drang der eigene Atem keuchend ans Ohr. Zehn Schritte trennten Arnfried in etwa von dem vordersten der beiden Männer. Im trüben Schein der Fackel erkannte er, dass beide einen mit Nieten besetzten Gambeson trugen und mit Schwertern bewaffnet waren. Mit ein wenig Glück würde er beide niederstrecken, noch bevor sie die Waffen ziehen konnten.

Seine Miene verzog sich zu einer grimmigen Fratze. Fünf Schritte. Die Schergen des Teufels hatten ihm den Rücken zugedreht. Er hob das Schwert über den Kopf. Drei Schritte. Er hielt den Atem an. Bereit einen raschen Streich durchzuführen. Ein trockenes Knacken ertönte. Zerriss die Stille. Wie ein Mann fuhren die beiden herum. Die Hände am Heft der Schwerter.

Der vorderste Mann, ein untersetzter und stämmiger Kerl, rief seinem Kumpanen eine Warnung zu. Arnfrieds Klinge fuhr zischend durch die Luft. Grub sich tief in Stoff, Fleisch und Knochen. Der Untersetzte stieß einen gellenden, spitzen Schrei aus. Der Schwertarm war ihm durch den Streich kurz unterhalb des Ellenbogens abgetrennt worden. Die Hand fiel mitsamt dem Schwert zu Boden. Der Verwundete hielt sich den blutenden Stumpf und strauchelte.

Arnfried rannte achtlos an ihm vorbei und hob den Schild. Die Klinge des zweiten Mannes krachte gewaltsam gegen das Holz. Er fühlte die Vibration bis zur Schulter und biss die Zähne zusammen. Der Teufelsdiener setzte nach. Trieb Arnfried mit kraftvollen und ausholenden Schlägen vor sich her. Eine freiliegende Wurzel, schoss es ihm durch den Kopf, wäre sein Tod.

Die ersten drei Schläge wehrte er mit dem Schild ab. Anschließend wich er mit ruckartigen Bewegungen aus. Lange, wusste er, würde er das Tempo aufgrund der Rüstung nicht halten können. Darin schien die Strategie des Teufelsdieners zu liegen.

Arnfried musste die Initiative an sich reißen. Rasch. Denn viel Zeit blieb ihm nicht mehr. Er beugte den Oberkörper nach hinten und entging einer Enthauptung um Fingerbreite. Der Mann bleckte die Zähne und spuckte verächtlich aus.

»Das ist alles, was man euch Templern beibringt? Ich wette, ihr stoßt eure Schafe besser, als ihr kämpft.«

»Deinem Freund habe ich den Arm abgehackt. Dir nehme ich den Schwanz und steck ihn dir in deinen stinkenden Arsch.«

Der Mann schrie zornig auf und holte mit dem Schwert aus. Arnfried wich dem Schlag aus. Trat einen Schritt zur Seite. Gleichzeitig schnellte der Schild nach vorn. Knirschend zermalmte der eisenbeschlagene Rand das Nasenbein des Teufelsdieners. Dieser schrie schrill auf und ließ das Schwert fallen. Blut spritzte. Floß ihm über Kinn und Hals. Zu spät erkannte er die missliche Lage, in der er sich befand. Er fuhr herum. Wollte fortlaufen. Doch Arnfried war schneller.

Wie durch Butter bohrte sich die Klinge durch Gambeson und Körper. Sie drang unterhalb des linken Schulterblattes ein und vorne auf Herzhöhe wieder aus. Der Mann erstarrte. Pisste sich in die Hose und brach lautlos zusammen. Mit einem Ruck befreite Arnfried die Klinge. Dann wendete er sich dem Untersetzten zu, der wimmernd und stöhnend im Gras lag. Er hielt noch immer den Stumpf fest umklammert. Das Gesicht wirkte im Schein der Fackel aschfahl. Die Augen glasig.

»Wie viele von euch Scheißern gibt es noch?«

Der Verletzte hob den Blick. »Trink meine Pisse.«

Stumpfi kam unter sichtbarer Anstrengung auf die Knie und versuchte, sich aufzurichten.

»Falsche Antwort.« Er trat den Verletzten vor die Schulter. Die Wucht des Tritts schleuderte den Mann zu Boden. Mit einem Satz war er bei ihm. Stellte den Fuß auf das blutige Ende des Arms. Der Mann schrie auf. Wandte sich hin und her. Wollte sich befreien. Doch es fehlte ihm an Kraft.

»Muss ich meine Frage wiederholen?«

»Zwei. Stephan und der Meister.«

»Das Mädchen und der Priester, sind sie noch am Leben?«

»Ich weiß von keinem Mädchen.« Er stöhnte weinerlich. Schweißperlen waren ihm auf die Stirn getreten.

»Wo finde ich sie?«

»In der Krypta. Unterhalb der Kapelle. Der Eingang befindet sich unter dem Altar. Mehr weiß ich nicht. Ich schwöre es.«

»Dann trete vor deinen Herrn.« Arnfrieds Klinge zuckte vor und bohrte sich tief in die Kehle des Mannes. Sein Leib erschauderte. Panische Atemzüge waren die Folge, als sich die Lungen voller Blut sogen. Die Beine strampelten unkontrolliert und ein Röcheln ertönte. Dann war es still.

Er griff nach der Fackel und trat an den abgedeckten Leichnam heran. Mit zitternden Fingern zog er das Tuch beiseite. Eine Welle der Erleichterung durchfuhr ihn. Zu seinen Füßen lag nicht Ortwin, sondern Pater Rudolph. Der Stoff der Kutte war blutdurchtränkt und von unzähligen Messerstichen übersät. Er bekreuzigte sich und folgte der Spur der beiden Männer zum Brunnen.

Über eine Leiter gelangte er zu einem Gang, dem er zu einer offenen Tür folgte. Kurze Zeit später stand er im Lichthof. Kühle Nachtluft empfing ihn. Die Kapelle zeichnete sich düster vom sternenübersäten Himmel ab. Der geheime Abstieg war schnell gefunden. Der Altar war zur Seite geschoben worden und gab den Weg nach unten frei. Arnfried trat die Fackel aus, schob den Steinsockel beiseite und stieg die steilen Stufen hinab. Er hörte das Weinen eines Kindes.

Der Junge des Schulzen, fuhr es ihm durch den Kopf.

Die Krypta war von mehreren schwarzen Kerzen erleuchtet. Das Licht warf zuckende Schatten an die kahlen Wände. Zwei Gestalten in schwarzen Kutten standen vor einem Altar und versperrten die weitere Sicht. Die linke Gestalt, die größere der beiden, hielt ein in schwarzes Leder gebundenes Buch aufgeschlagen in den Händen. Der Kleinere den Dolch in der Linken. Er hob die Waffe über den Kopf. Mit der Klinge nach unten.

»Nein«

Die Teufelsdiener hielten inne. Schienen wie versteinert. Dann fuhren sie herum. Arnfried erstarrte. Glaubte den Verstand zu verlieren.

Die Fesseln an den Handgelenken schnitten tief in sein Fleisch. Jede Bewegung wurde zur Qual und zog die Lederriemen fester. Zwei Bewaffnete hatten ihn aus der finsteren Zelle geholt. Ihn geschlagen und gebunden, um ihn anschließend in die Krypta unterhalb der Kapelle zu zerren. Dort war er auf den Altar gebunden worden. Unfähig sich zu bewegen und gezwungen auf das umgedrehte Kreuz an der Wand zu schauen, hatte er da gelegen. Um die aufflammende Todesangst zu zähmen, hatte er angefangen, Gott um Hilfe anzuflehen. Als weder Arnfried noch jemand anderes gekommen waren, hatte er sich in sein Schicksal gefügt. Sein einziger Wunsch war es, in Würde zu sterben. Er würde nicht um sein Leben betteln oder irgendwelche Zugeständnisse machen.

Dann traten sie ein. Zwei verhüllte Gestalten in pechschwarzen Roben. Die Kapuzen tief ins Gesicht gezogen. Der Größere von ihnen trug den regungslosen Körper des Jungen.

»Was habt ihr mit dem Jungen gemacht?« Ortwin stemmte sich gegen die Fesseln und ignorierte den scharfen Schmerz, der ihn durchfuhr.

Der Teufelsdiener schenkte ihm keine Beachtung und legte den Jungen auf den Boden. Inmitten eines vorgezeichneten Pentagramms, das von fünf schwarzen Kerzen erhellt wurde. Ortwin blickte zu dem Jungen.

Erleichtert konnte er im flackernden Licht erkennen, wie sich der Brustkorb hob und wieder senkte.

Gott sei gepriesen, er ist am Leben.

Offensichtlich war dem Knaben ein Schlaftrunk eingeflößt worden. Eine Gnade, auf die er nicht zu hoffen brauchte. Wortlos trat der größere Teufelsdiener an ihn heran. In der Rechten hielt er ein Messer, mit dem er ihm das Gewand aufgeschlitzte. Aufgrund der unmittelbaren Nähe konnte Ortwin erkennen, dass es sich um Stephan handelte.

Der zweite Teufelsdiener stand abseits und rief in einem monotonen Singsang den Herrscher der Hölle an. In der linken Hand hielt er einen schwarzen Dolch. In der Rechten einen Hahn. Das Tier flatterte aufgeregt und versuchte, dem Griff zu entkommen.

Mit einem raschen, präzisen Schnitt trennte der dunkle Priester dem Tier den Kopf ab. Blut spritzte auf das geschändete Kreuz, den Altar und das Gewand des Satanisten. Der Teufelsdiener warf den zuckenden, noch mit den Flügeln schlagenden Körper achtlos beiseite. Er reichte den Hahnenkopf Stephan, der sogleich begann, mit dem verbliebenden Blut schwarzmagische Symbole auf Ortwins nackten Oberkörper zu zeichnen.

Er schloss die Augen und betete in wiederkehrender Abfolge den Psalm 23. Der Teufelspriester las mit tiefer, heiserer Stimme aus einem in schwarzes Leder eingebundenen Buch, das Stephan ihm vorhielt. Ortwin stutzte. Die Stimme des dunklen Klerikers kam ihm bekannt vor. Der Priester ging auf den Altar zu und trat in den Lichtkreis. Hob den geschwärzten Dolch empor. Zielte mit der Klinge auf Ortwins Herz.

Schweiß lief ihm aus allen Poren. Das Herz schlug ihm hart gegen den Brustkorb. Gleich war es vorbei. Ortwins Augen weiteten sich. Nicht weil er dem sicheren Tod ins Auge blickte, sondern weil er das Gesicht unter der Kapuze erkannte. Dort vor ihm, den Dolch in der Hand, bereit ihn zu töten, stand Krystin. Das junge Gesicht zu einer hassverzerrten Fratze verzogen. Ihr Blick war kalt und aus ihr schien die Stimme des Teufels zu sprechen.

Für einen Herzschlag lang schien die Welt erstarrt zu sein. Fassungslos blickte Arnfried auf Krystin. Sie hatte die Kapuze in den Nacken gezogen. Erwiderte den Blick ohne erkennbare Anzeichen von Emotionen. Wie konnte er so blind gewesen sein? Sein Verstand weigerte sich, dem Auge zu trauen. »Krystin.« Es klang wie eine Aufforderung zu einer Erklärung. Für einen Lidschlag lang glaubte er, so etwas wie Bedauern in den eisblauen Augen zu erkennen. Dann verzogen sich ihre Lippen zu einem boshaften Lächeln.

»Töte ihn.«

Er zuckte bei den Worten zusammen. Erschrocken, nicht über den Inhalt, sondern der Stimme. Sie klang tief und kalt und er konnte das Mädchen, das sie war, heraushören. Sein Zelt in Markfurt kam ihm in Erinnerung. Der Angreifer. Arnfried stand da. Unfähig, sich zu bewegen. Ohne jeden Zweifel war es Krystin, die vor ihm stand. Doch die Person, die sprach, schien eine andere zu sein.

Der Teufelsdiener legte das Buch, das er bis eben in den Händen gehalten hatte, auf den Altar. Er zog einen Dolch aus seinem Gewand. Mit langsamen Schritten ging er auf ihn zu. Der Anblick der schwarzgekleideten Person mit der Klinge in der Hand löste die Schockstarre. Arnfried zog sein Jagdmesser, da das Schwert in den beengten Verhältnissen ihm nicht von Nutzen war.

Der Teufelsdiener führte eine blitzartige Stichbewegung aus, die auf den Oberkörper abzielte. Arnfried konnte im letzten Moment ausweichen und sprang außer Reichweite. Auch wenn sein Gegner im Waffenhandwerk nicht ausgebildet zu sein schien, war er äußerst geschickt und flink. Eine todbringende Kombination. Sie begannen, sich zu umkreisen.

Arnfried achtete darauf, Krystin nicht den Rücken hinzuwenden. Der Mann machte einen Satz nach vorne und stieß zu. Die Klinge zischte an Arnfrieds Hals vorbei. Kurz entschlossen packte er den Waffenarm des Satanisten und hielt ihn fest. Der Mann fluchte. Versuchte, sich loszureißen. Aber gegen Arnfrieds Körperkraft hatte er keine Chance. Er holte aus und stach zu. Die Klinge drang durch das linke Auge in den Kopf ein und trat einen Fingerbreit an der Schädeldecke wieder aus. Der Leib des Kuttenträgers erschauderte. Dann brach er zuckend zusammen.

Arnfried ließ das Jagdmesser stecken. Langsam hob er den Dolch des Toten auf, ohne Krystin aus dem Auge zu lassen. Sie stieß beim Tod ihres Dieners einen zornigen Schrei aus. Er richtete die Klingenspitze auf ihre Brust. »Lass den Dolch fallen.«

»Du wirst es nicht wagen, diesen Körper zu töten.«

»Darauf würde ich nicht wetten, du gottverfluchte Teufelsbuhle.« Er hörte die Zweifel in der eigenen Stimme und ekelte sich davor. Krystin, oder wer immer aus ihr sprach, lachte. Es klang kehlig und heiser.

»Ich habe keine Angst vor dir, Templer. Luzifer selbst gab mir die Macht, meine Feinde zu vernichten. Du kannst mir nichts anhaben.«

»Ich habe dich bestiegen, also kann ich dich auch töten.«

»Krystin ist eine Närrin. Unfähig ihr Schicksal selbst zu bestimmen.«

»Hast du es deshalb in deine Hände genommen?«, fragte Ortwin in ihrem Rücken, »als die Männer des Grafen von Trossen den Hof ihrer Familie überfielen?«

»Sie war schwach und wehrlos. Außerstande ihrem Bruder zu helfen. Ich bin aus ihrer Furcht geboren und habe sie mit Satans Hilfe gerettet.«

»Du hast eine Mörderin und Teufelsbuhle aus ihr gemacht. Krystin ist an jenem Tag zusammen mit ihrer Familie gestorben.« Arnfried tat einen weiteren Schritt auf sie zu.

»Das ist nicht wahr. Ich habe sie stark gemacht und ihr gezeigt, wie sie sich rächen kann. Gott hat sich zuerst von ihr abgewandt.«

»Wenn du ihr wirklich helfen willst, dann lass ab von ihr.«

»Nein«, fauchte die Stimme, »ihr Körper gehört mir.«

»Das tut er nicht«, warf Ortwin ein, »du bist nichts weiter als ihr Handlanger. Nicht du hast sie benutzt, sondern sie dich.«

»Du lügst«, schrie die Stimme.

»Deine Reaktion zeigt mir, dass ich Recht habe.«

Krystin fuhr herum. Den Dolch fest in ihrer Linken umklammert.

»Halt dein verfluchtes Maul«, rief Arnfried und richtete den Dolch auf Ortwin.

»Seid ihr von Sinnen? Sie ist der Feind.«

»Schätze, das kommt darauf an, von welcher Sicht aus man die Dinge betrachtet. Gott mag Euch gewogen sein, mir hat er das Leben zerstört.«

»Gütiger Himmel, was redet Ihr da? Kommt zu Verstand.«

»Töte den Priester.«

Arnfried schaute zu Krystin.

»Töte ihn und du kannst für immer mit ihr zusammen sein.«

Er schaute zu Ortwin, der ihn mit weit aufgerissenen Augen anstarrte. Arnfried fühlte die Versuchung behutsam in seinen Geist vordringen. Ihm zuflüsterte, es zu tun. Ein Stich und er könnte diesen makellosen Körper haben. Immer und immer wieder. Er ging auf Ortwin zu.

»Schlitz ihn auf.« Die heisere Stimme drang wie aus weiter Ferne an sein Ohr. Ein weiterer Schritt trennte ihn von den beiden. Sein Blick huschte zu Krystin. Sie hielt noch immer das Messer in der Linken. Gefährlich nahe an Ortwins Hals.

»Stech ihn ab«, zischte die Stimme erwartungsvoll.

Arnfried hielt inne. Er schaute Ortwin direkt in die panikerfüllten Augen. »Es tut mir leid«, flüsterte er. Dann hob er das Jagdmesser. Der Priester öffnete den Mund, um zu schreien. Doch da hatte Arnfried bereits zugestoßen. Die Klinge drang bis zum Heft in die Brust ein. Ein stimmloses Keuchen erfüllte die Krypta.

Ungläubig starrte Krystin auf den Griff der Waffe. Der Hass war aus ihrem Blick gewichen. Blut quoll aus ihrem Mund. Ihre Lippen bewegten sich.

»Danke«, hauchte sie. Dann brach ihr Blick.

***

10.

Der Tag graute bereits, als sie aus der Krypta stiegen. Die ersten Vögel begrüßten die Sonne, die zaghaft ihr erstes Licht in den grauen Himmel warf. Arnfried trug den Jungen auf den Armen. Die Entbehrungen und Ängste der vergangenen Stunden hatten ihren Tribut gefordert. Ortwin war ihnen gefolgt. Er stützte sich auf Arnfrieds Schulter. Die Wunden, die der Dominikaner empfangen hatte, waren nicht tief. Dafür umso schmerzhafter. Arnfried hatte sie notdürftig versorgt. Am Eingang der Kapelle blieben sie stehen. Ortwin schaute in den Himmel und zog genüsslich die Morgenluft ein.

»Ich habe nicht geglaubt, diesen Sonnenaufgang zu erleben. Für einen Moment war ich überzeugt, Ihr würdet mich töten.«

»Wo bleibt Euer Gottvertrauen, Pater?«

»Das fragt ausgerechnet Ihr mich?«

»Ich teile keine Frau. Erst recht nicht mit dem Teufel.«

»Es war nicht wirklich der Teufel, der aus ihr sprach, wisst Ihr?«

»Woher wollt Ihr das so genau wissen? Vor mir stand eine vollkommen fremde Person im Körper von Krystin. Wenn es nicht der Leibhaftige war, wer dann?«

»Es gibt viele Wege, dem Bösen zu verfallen. Krystin hat in ihrer Kindheit ein grausames Schicksal erdulden müssen. Sie musste mit ansehen, wie ihre Familie von den Waffenknechten des Grafen von Trossen ermordet wurde. Gott allein weiß, was die Kerle mit ihr anstellten.«

»Es werden viele Frauen und Kinder geschändet. Aber nicht alle werden vom Leibhaftigen heimgesucht.«

»Stimmt. Ich habe über solche Fälle bislang nur gelesen. Die durchlebten Schrecken müssen unvorstellbar gewesen sein. Sie haben Krystins Seele zerstört und anfällig gemacht.«

»Anfällig für wen?«

»Dämonen, die in den geplagten Leib fahren und die Kontrolle übernehmen. Je mehr Dämonen es sind, umso mehr Persönlichkeiten teilen sich ein und denselben Körper.«

»Warum hat sie mir nicht die Kehle durchgeschnitten, als sie die Gelegenheit dazu hatte?«

»Die geplagten Seelen wissen oftmals nichts voneinander. Das hat Euch vermutlich das Leben gerettet.«

»Wusste sie, was sie getan hat?«

Ortwin hob die Schultern. »Ich kann Euch diesbezüglich keine fundierte Antwort geben. Die Schriften sind nicht eindeutig.«

»Und was glaubt Ihr?«

»Ich denke, dass der Dämon von Krystin wusste. Sie aber nichts von ihm. Die finstere Macht hat sie stets begleitet und immer dann die Kontrolle übernommen, wenn er ihre Dienste benötigte. Der Teil von ihr, der menschlich war, hat Euch geliebt, wisst Ihr?«

Die Worte versuchten Arnfrieds Herz zu erreichen und prallten wirkungslos ab.

»Ich pisse auf ihre Gefühle«, knurrte er.

Ortwin lächelte mild.

»Das tut Ihr nicht.«

»Ihr seid ein arroganter Bastard, wisst Ihr das?«

»Ihr werdet nicht müde, es mir unter die Nase zu reiben. Streng genommen war sie das erste Opfer dieser Tragödie.«

»Wozu die Morde?«

»Sie hat den Tod ihres kleinen Bruders nie überwunden und wollte ihn unter allen Umständen zurück. Der dunkle Dämon in ihr muss ihr über die Jahre eingeredet haben, dass es ihr mit Satans Hilfe gelängen könne.«

»Ihr wollt damit sagen, dass sie den Zirkel der Teufelsdiener aufgebaut hat?«

»Mit Stephans Hilfe, ja. Irgendwann müssen sie aufeinandergetroffen sein.«

»Und der Junge hier?« Arnfried schaute auf den schlafenden Knaben.

»Er sollte als Gefäß für die Seele von Krystins Bruder dienen.«

Arnfried holte hörbar Luft. »Am Fuß der Burg liegt die Leiche von Pater Rudolph. Er wurde regelrecht abgeschlachtet.«

»Sein richtiger Name war Burkhard von Trossen.«

Arnfried glaubte, sich verhört zu haben und warf Ortwin einen ungläubigen Blick zu.

»Ihr wollt mich verscheißern.«

»Er ist die zweite tragische Figur in diesem Fall. Von Kummer und Zorn auf Gott zerfressen, hat er sich dem Bösen hingegeben, um sich seiner gerechten Strafe zu entziehen, ist er schließlich geflohen.«

»Ihr wollt sagen, dass er seine eigene Burg angezündet hat?«

Ortwin zuckte mit den Schultern.

»Wer kann schon sagen, wozu ein kranker Geist im Stande ist? Es wäre durchaus denkbar, dass es ein Blitz gewesen ist. Oder Krystin.«

»Schätze, wir werden es nie herausfinden.«

Ortwin schüttelte den Kopf und blickte auf den rötlichen Streifen am Horizont. »Hättet Ihr mich getötet?« Er schaute Arnfried unvermittelt an.

»Hm?«

»In der Krypta.«

»Glaubt Ihr, ich hätte es getan?«

Ortwin zögerte. »Ich bin mir nicht sicher.«

»Gut.« Er warf dem Priester ein spitzbübisches Grinsen zu.

»Ich meine es ernst.«

Arnfrieds Grinsen erstarb und er schaute Ortwin längere Zeit an.

»Ich habe nie viel von Büchern gehalten. Meine Streitigkeiten habe ich stets mit dem Schwert ausgetragen und bin im Gegensatz zu Euch ein ungebildeter Haufen Scheiße. Eine Sache weiß ich aber«, er blickte Ortwin direkt an, der fragend die Brauen hob, »wenn mich eine mörderische Furie mit einer Klinge bedroht, halte ich das Maul.«

Ortwin verzog die Miene. »Ich werde versuchen, es mir zu merken.«

»Wäre besser für Euch. Was ist mit Falk und Hartmann?« Er deutete auf die Stallungen, vor denen sich Ortwins Zelter und die Pferde der Waffenknechte befanden.

»Sie sind tot.«

Arnfried bekreuzigte sich.

»Möge der Allmächtige über ihre Seelen wachen.«

»Amen«, ergänzte Ortwin.

»Wenn Ihr es wünscht, helfe ich Euch, sie zu begraben.«

»Jemand muss den Jungen zu seinem Vater bringen und dem Grafen von Eberlingen berichten.«

»Ich weiß, was Ihr vorhabt. Ihr könnt Euch Eure Worte sparen. Ich werde meiner Wege ziehen. Ohne Euch.« Arnfried zog die Brauen missfällig zusammen und warf Ortwin einen finsteren Blick zu.

»Ich bin mir sicher, dass der Bischof sich erkenntlich zeigen würde, wenn Ihr mich sicher nach Konstanz geleitet.«

Arnfried ruckte den Kopf und sah ihn für mehrere Herzschläge lang an. Vor wenigen Tagen hatte er ihn zur Hölle gewünscht. Doch es hatte sich etwas verändert. Gott und er schienen sich nicht mehr in einer Fehde zu befinden. Vollends verziehen wiederum hatten sie sich auch nicht. Die Jagd nach Hugos Mördern hatte ihm etwas gegeben, was er seit Jahren in seinem Leben vermisst hatte. Einen Sinn.

»Wie viel?«

»Großzügig genug, um Euren Aufwand zu entschädigen.«

»Ich werde nicht in seinen Dienst treten.«

»Davon war nie die Rede.«

»Gut. Denn falls Ihr das glaubt, seid Ihr ein größerer Narr, als ich dachte.«

»Ich glaube an Gerechtigkeit und den Willen Gottes.«

»Dann seid Ihr ein Narr«, brummte er.

»Ein Narr mit einem prallen Geldbeutel.«

»Wenn die Münzen stimmen, ist es mir gleich, wer mich bezahlt.«

Ortwin nickte und blickte erneut zum Himmel.

»Seht, Herr Arnfried. Der Neumond ist vorüber. Ein neuer Tag bricht an.«

Ende

Glossar

Abt: Vorsteher eines Klosters

Akkon: Hafenstadt im heutigen Israel und einer der letzten Stützpunkte der Kreuzfahrer. Die Stadt wurde am 18. Mai 1291 von ägyptischen Truppen eingenommen.

Bischof: Kirchenfürst und Vorsteher einer Diözese

Deus Vult: Schlachtruf – „Gott will es!"

Dominus vobiscum: Grußformel – „Der Herr (sei) mit euch."

Gambeson: Textiles Rüstungsteil, das aus mehreren Lagen Leinentuch bestand.

Gugel: Bei den einfachen Leuten aus Wolle bestehend, war sie bei der Oberschicht mit kontrastfarbigem Stoff oder Pelz gefüttert. Konnte auch beginnend zu einer turbanartigen Kopfbedeckung zusammengerollt werden.

Habit: Tracht einer Ordensgemeinschaft

Haschaschin: Angehörige der schiitisch – islamischen Glaubensgemeinschaft; besser bekannt als Assassinen

Infirmarius: Klosteramt – Er war im Kloster für die Versorgung der Kranken zuständig

Komplet – 21 Uhr: Abendgebet und Nachtruhe

Laudes – 3 Uhr: Das Gotteslob wurde gebetet

Matuin – 1 Uhr: Die Mönche versammeln sich in der Klosterkirche, um zu beten und Psalmen zu singen. Auftakt für die täglichen Gottesdienste.

Mitra: Liturgische Kopfbedeckung der Bischöfe

Non – 15 Uhr: Hymnus und Psalmen

Pax vobiscum – *Et cum spiritu tuo*: Grußritus; „Friede (sei) mit euch – und mit deinem Geiste."

Plattenrock: Größere Stahl- oder Eisenplatten, die auf einer Unterlage aus festem Stoff oder Leder aufgenietet waren.

Prim – 6 Uhr: Morgengebet

Schapel: Reifenförmiger Kopfschmuck

Schulze: Hilfsbeamter der Grafen, der mit der Einziehung von Geldern und Vollstreckung von Urteilen betraut war.

Sext – 12 Uhr: Erneute Psalmengebete mit anschließendem Mittagessen. Nur zwischen Ostern und September.

Templer: Kurzform für Angehörige des Templerordens (1118 bis 1312); der vollständige Name lautete: *Arme Ritterschaft Christi und des salomonischen Tempels zu Jerusalem.*

Terz – 9 Uhr: Hymnus und Psalmen

Tjost: Lanzenstechen

Tonsur: Frisur der Geistlichen. Die Kopfhaut wurde in größeren oder kleineren Flächen rasiert, dass ein Haarkranz übrig blieb.

Vesper – 17 Uhr: Psalmen und Hymnus. Während der Fastenzeit wurde die einzige Mahlzeit erst nach der Vesper eingenommen.

Vogt: Adeliger Vertreter des Feudalherrschers in einem bestimmten Gebiet.

Zelter: Pferd im Mittelalter, das für seinen besonders ruhigen Gang bekannt war

Nachbemerkung und Danksagung

Woher kommt der Glaube an besessene Seelen? Wo hat er seinen Ursprung? Diese und andere Fragen habe ich mir gestellt, als mir zum ersten Mal die Idee zu diesem Roman kam. Jeder mag zu diesen Fragen eine eigene Theorie haben. Mir erscheint es am plausibelsten, dass Menschen im Mittelalter psychische Erkrankungen aufgrund ihrer Bildung und Weltanschauung nur mit einer Antwort begegnen konnten.

Der oder die Betroffene musste vom Teufel besessen oder mit ihm im Bunde sein. Aus meiner Vorstellung heraus würde sich so die dissoziative Identitätsstörung, unter der Krystin in dieser Geschichte leidet, am ehesten erklären lassen.

Ich habe mich bewusst gegen eine tatsächliche Heimsuchung des Teufels in meinem Roman entschieden. Ich wollte einen Kriminalroman aus dem Mittelalter schreiben und keine Fantasy.

Ehrlicherweise muss ich gestehen, dass ich mit dem Gedanken gespielt habe, diabolische Kräfte und Magie zu verarbeiten. Keine Frage, Dämonen und schwarze Magie sind gruselig und erfreuen sich nicht ohne Grund großer Beliebtheit. Einen Menschen, der sich für einen Dämon hält oder glaubt, von einem solchen besessen zu sein, finde ich persönlich viel unheimlicher. In ihm vereinigt sich die dunkle Aura des Bösen, vor der wir uns insgeheim alle fürchten, ohne dabei übernatürlich oder -mächtig zu sein. Ich hoffe, das ist in meinem Roman so transportiert worden.

Ich habe mich auch bewusst dafür entschieden, keinen historischen Roman zu schreiben. Ich wollte mich nicht von Fakten und belegbaren Quellen in meiner Kreativität einschränken lassen. Der geneigte Leser möge es mir nachsehen. Mir ging es in erster Linie darum, eine spannende und (vielleicht auch) glaubwürdige Geschichte zu erzählen. So, wie es gewesen sein *könnte*.

Mit Ausnahme Heinrichs von Klingenberg, sind alle Figuren frei erfunden. Dasselbe gilt für die genannten Ortschaften und Adelsgeschlechter. Von Freiburg und Konstanz einmal abgesehen.

Ein Buch zu schreiben erfordert sehr viel Zeit, Kraft und Disziplin und es bedarf mehrere Personen, außer dem Autor, die es von einer bloßen Idee zur Vollendung tragen. Bei diesen Menschen möchte ich mich an dieser Stelle bedanken. An erster Stelle wäre hier meine Familie zu nennen, die während der Entstehung des Romans nicht viel von mir gesehen hat und meine Launen ertragen mussten.

Trotz oder vielleicht gerade wegen dieser kreativen Phase habe ich von ihnen viel Zuspruch und Unterstützung erfahren. Dank gebührt auch den fleißigen Testleserinnen und Testlesern, die *Neumond* auf Herz und Nieren geprüft haben.

Es ist erstaunlich, wie viele Logikfehler und Unklarheiten sich in einem Text verstecken können, den man selbst ein Dutzend mal gelesen hat. Ihr Feedback hat mir geholfen, *Neumond* zu einer besseren Geschichte zu machen.

Es heißt, dass das Cover, neben dem Klapptext, das wichtigste Verkaufsinstrument darstellt. Aus diesem Grund war es mir wichtig, dass die von mir geschriebene Handlung ein passendes Konterfei bekommt. Dabei hat mir Jennifer Schattmaier, von Schattmaier Design tatkräftig und mit viel Geduld geholfen. Sie hat meinem Roman ein Gesicht gegeben.

Almost last but not least möchte ich mich bei meinem Lektor und Korrektor Marlon Baker bedanken. Er hat *Neumond* den letzten Schliff gegeben. Zu guter Letzt gebührt euch, meinen Lesern, Dank. Ihr seid der wichtigste Teil in der Kette dieses Romans. Für euch habe ich *Neumond* geschrieben. Okay, vielleicht auch ein bisschen für mich, aber was wäre ein Autor ohne Leser?

Genau, kein Autor.

Besucht mich auf www.cksinclair.de und Twitter für weitere Neuigkeiten zu kommenden Projekten. Ihr könnt mir natürlich auch eine E-Mail schreiben. Ich freue mich schon auf ein Wiedersehen mit den zwei ungleichen Gefährten. Seid ihr bereit für die Zeitreise?

Euer

C. K. Sinclair

Calw, im Sommer 2019

Zeitfracht Medien GmbH
Ferdinand-Jühlke-Straße 7
99095 Erfurt, Deutschland
produktsicherheit@kolibri360.de